光文社文庫

復讐捜査

新・強請屋稼業

『殺し屋刑事 殺《さつ》戮《りく》者《しや》』改題

南　英男

光　文　社

この作品は、二〇一七年二月に刊行された『殺し屋刑事《デカ》　殺戮者《さつりくしゃ》』に著者が大幅加筆修正して改題したものです。

この物語はフィクションであり、登場する人物名および団体名、事件名は実在するものと一切関係ありません。

目次

『復讐捜査　新・強請屋稼業』おもな登場人物

百面鬼竜一……警視庁新宿署の刑事。
見城　豪……元刑事の私立探偵。百面鬼は、強請屋の仲間。
郷　卓司……警視庁公安部公安第三課の捜査員。百面鬼の警察学校の同期。
唐津　誠……毎朝日報遊軍記者。
佐竹久乃……百面鬼竜一の恋人。
松丸勇介……百目鬼、見城の友人で、盗聴器ハンター。以前の事件で殺された。
伊集院七海……ケーブルテレビ局のアナウンサー。松丸勇介の弟子。

復讐捜査

新・強請屋稼業

第一章　狙《ねら》われた女殺し屋

1

客は疎《まば》らだった。

新宿区歌舞伎町《かぶきちょう》二丁目にある鮨屋《すしや》だ。十月上旬のある日の午後二時過ぎだった。

百面鬼竜一《どうめきりゅういち》は女殺し屋の標《しるべ》美寿々《みすず》と付け台に並んで、好みの握りを頬張《ほおば》っていた。飲みものはビールだった。

「人の縁って、なんか不思議ね」

美寿々が呟《つぶや》くように言った。

「そうだな。刑事のおれと殺し屋《プロ》が、こうして仲良く鮨を喰《く》ってる」

「しかも、わたしは三カ月前にある男の依頼でユーを殺そうとしてた」

「ああ、そうだったな。ところが、そっちはおれを殺《や》り損《そこ》なった」

「それどころか、わたしはユーに利《き》き腕を撃たれてしまった。みっともない話よね」

「そう気にすんなって」

百面鬼はおしぼりで指先を拭《ぬぐ》い、茶色い葉煙草《シガリロ》をくわえた。

「わたし、撃ち殺されると思ってたわ」

「そうだろうな」

「でも、ユーは渋谷のシティホテルで、わたしの銃創《じゅうそう》の応急手当てをしてくれた」

「美人殺し屋をシュートするのは、なんかもったいない気がしたんだよ」

「おかげで、わたしの右腕はこうしてちゃんと動いてる」

「けど、腕をまっすぐ伸ばすと、二の腕の筋肉が引き攣《つ》れるんだろう？」

「ええ、ちょっとね。もう殺し屋は廃業するしかないわ。ユーと組んで悪党をやっつけたとき、二億円の分け前を貰《もら》ったから、セレクトショップでも開こうかな」

「どこで？　アメリカに戻るつもりなのか」

「ううん」

美寿々が首を横に振った。

百面鬼は、ひとまず安堵《あんど》した。ちょうど三十歳の美寿々は生粋《きっすい》の日本人だが、アメリカ育ちだった。満一歳のとき、両親とともに渡米したらしい。いまは日系アメリカ人である。ハイスクールを卒業するまでボストンに住んでいたという話だ。

美寿々は州立大学を出ると、米海軍に入隊した。入隊の動機については、なぜだか語りたがらない。青春時代に人生観が変わるような出来事があったのではないか。

美寿々はコマンド部隊の伍長《ごちょう》になったとき、妻子持ちの上官と不倫の関係になった。相手の家庭を壊す気はなかった。しかし、二人の関係は上官夫人に知られてしまった。上官の妻は夫の背信に打ちのめされ、睡眠薬自殺を図った。

幸いにも未遂に終わったのだが、美寿々はずっと後ろめたかったらしい。不倫相手の狼狽《ろうばい》ぶりを見て、別れる決意をしたそうだ。そんな経緯があって美寿々は一年数カ月前に日本に移り住んで、殺し屋稼業をつづけていたのである。

決まった塒《ねぐら》はない。美寿々はホテルやマンスリーマンションを転々としていた。

「セレクトショップなんかやることないよ。おれがそっちの面倒を見てやる。おれたちは、もう他人じゃないんだから」

「それ、わたしに恋人《ステディ》になれって意味？」

「ま、そういうことになるな」

百面鬼は言いながら、疚《やま》しさを感じていた。美寿々には打ち明けていなかったが、彼には親密な女性がいた。三十九歳のフラワーデザイナーだ。佐竹久乃《さたけひさの》という名である。

「日本の男性って、すぐ女を独占したがるのね。セックスするようになったからって、妙な責任なんか感じなくたっていいのに」

「別に、責任がどうとかってことじゃないんだ。おれは、そっちに惚《ほ》れた。だから、そばにいてもらいたいんだよ」

「べたついた関係は、わたし、あまり好きじゃないの。お互いに会いたくなったときに会って、ついでにベッドを共にすればいいんじゃない?」

「アメリカ育ちは考え方がドライだな」

「だって、そのほうがお互いに気楽じゃないの。そう思わない? 恋愛は面倒臭いから、もうたくさん!」

「そっちがそう考えてるんだったら、もうおれの彼女になれなんて言わないよ」

「怒ったの?」

「いや、怒っちゃいない。彼女にならなくてもいいから、気が向いたら、おれの裏稼業を手伝ってほしいな」

「それはオーケーよ」

「もちろん、それなりの謝礼は払う。だから、セレクトショップ経営は諦《あきら》めてくれ」

「そうするわ。それじゃ、ユーがくれた二億円で当分、優雅《ゆうが》に暮らそうかな」

「そうしなよ」

「ええ。それにしても、日本のポリスマンの中にアナーキーな男がいたなんて、なんだか愉《たの》しいわ」

美寿々が歌うように言って、若い鮨職人に鮃《ひらめ》の縁側《えんがわ》を握らせた。

四十五歳の百面鬼は、新宿署刑事課強行犯《きょうこうはん》係の刑事である。だが、外見はやくざそのものだ。

頭はスキンヘッドで、いつも薄茶のサングラスをかけている。服装も派手好みだ。常に目立つ色の背広を着込み、左手首にはオーデマ・ピゲの宝飾時計を嵌《は》めている。

自分で購入した腕時計ではない。だいぶ前に管内の暴力団の組長から脅し取った物だった。百面鬼は根っからの悪党である。生活安全（旧防犯）課時代から職務そっちのけで、悪行《あくぎょう》を重ねてきた。

管内には、およそ百八十の組事務所がある。その大半は指定広域暴力団の二次か、三次団体だ。二次クラスの組織は、たいがい数百人の構成員を抱えている。

三次団体でも、組員が五十人以下ということはない。二十人前後しか構成員のいない組は四次、もしくは五次の下部団体だ。

百面鬼は大小に関係なく、すべての暴力団から口止《くちど》め料や車代をせしめていた。筋者《すじもの》たちは叩けば、誰も埃《ほこり》が出るものだ。脅迫材料には事欠《ことか》かなかった。

百面鬼は金を無心するだけではなく、組事務所から薬物や銃刀も没収する。押収した物品はこっそり地方の犯罪組織に売り捌《さば》き、小遣《こづか》い銭《せん》を稼いでいた。その額は、ばかにならなかった。

また、悪徳刑事は歌舞伎町のソープ嬢や風俗嬢とはあらかた寝ていた。そうした店の経営者たちに弱みをちらつかせて、ベッドパートナーを提供させるわけだ。

厚かましいことに、ホテル代まで先方持ちだった。時には、さらに袖《そで》の下を要求することもあった。オーナーの中には、心得顔で百面鬼のポケットに札束を捻込《ねじこ》む者もいた。

百面鬼は、練馬《ねりま》区内にある寺の跡継《あとつ》ぎ息子だ。

僧侶《そうりよ》の資格は有《ゆう》しているが、当の本人は住職になる気はなかった。五つ違いの弟もクリスチャンになってしまった。年老いた父親は後継者がいないことで、もう何年も前から頭を悩ませている。

坊主の息子ながら、百面鬼には仏心《ぶっしん》はおろか道徳心の欠片《かけら》もない。法律やモラルは破るものとさえ思っている。

百面鬼は俗物そのもので、並外れた好色漢だ。

金銭欲も強かった。金や惚れた女性のためなら、人殺しも厭《いと》わない。相手が救いようのない極悪人の場合は、ためらうことなく葬《ほうむ》ってしまう。わずか五百万円の成功報酬で殺しを請《う》け負《お》ったこともあった。

といっても、百面鬼は金の亡者《もうじゃ》ではない。好《す》きな女性や気を許した仲間のためなら、惜《お》しみなく散財する。現に美寿々には二億円の分け前を与えた。本来なら、渡す必要のない金だ。

刑事課に異動になったのは二年九カ月前だった。

強行犯係はいつも忙しい。新宿署管内ではほぼ毎日、凶悪な事件が発生している。新入りの刑事ですら、非番を返上させられることがあるほど多忙だった。

だが、百面鬼はほとんど職務をこなしていなかった。来る日も来る日も、強請《ゆすり》やたかりに励んでいる。長く同じ所轄署に留《とど》まっているのは、厄介《やっかい》者を受け入れてくれる署がないからだ。

百面鬼は職場で浮いていた。当然のことながら、鼻抓《はなつま》み者の彼とペアを組みたがる同僚は皆無《かいむ》だった。刑事たちは通常、二人で聞き込みや地取《じど》り捜査に当たる。

職場で自分が忌《い》み嫌われていることは百も承知だった。

しかし、百面鬼はいっこうに意に介していない。孤立していることで思い悩んだ覚えは一度もなかった。むしろ、独歩行《どっぽこう》を愉しんでいた。依願退職など考えたことすらない。

百面鬼はまだ警部補だが、きわめて態度は大きかった。

職階の上の者と廊下で擦《す》れ違っても、挨拶《あいさつ》をしない。目礼もしなかった。言葉を交わさなければならなくなったときも、決して敬語は使わない。

警察は上下関係が厳しい。それこそ、軍隊並の階級社会である。

通常、上司と対等の口をきくことは考えられない。そんなことをしたら、必ず何らかの仕返しをされ、やがて職場を追われる羽目になるだろう。

しかし、百面鬼だけは傍若無人《ぼうじやくぶじん》に振る舞っても誰からも咎《とが》められたことはなかった。

それは、彼が警察官僚《キャリア》たちの弱みを押さえていたからだ。

法の番人であるべき警察にも一般社会と同様に、さまざまな不正がはびこっている。

その腐敗ぶりは、もはや救いようがないと言っても過言ではないだろう。

大物政財界人や有力者の圧力に屈《くつ》し、捜査に手心《てごころ》を加えるケースは珍しくない。そのことは、いまや公然たる秘密だろう。

収賄《しゅうわい》、傷害、淫行《いんこう》、交通違反の揉《も》み消しなどは日常茶飯事だ。

エリート官僚が引き起こした轢《ひ》き逃げ事件が故意に迷宮入りにされた事例もある。元法務大臣の孫娘が仕組んだ美人局《つつもたせ》も、ついに立件されなかった。祖父が裏から手を回したことは明白だ。その種の揉み消しは、いっこうに後《あと》を絶《た》たない。

警察官僚たちは手を汚す代わりに、現金、外車、ゴルフの会員権、ゴルフクラブセット、高級腕時計、舶来の服の生地などを受け取っている。要するに、お目こぼし料だ。景気がなかなか好転しないせいか、金品に弱い警官たちの数は増える一方である。

銀座や赤坂の高級クラブを飲み歩き、その請求書を民間企業に付け回す不心得者も少なくない。汚れた裏金で若い愛人を囲っているキャリアもひとりや二人ではなかった。

百面鬼は、そうした不正や醜聞《スキャンダル》の証拠をたくさん握っていた。ある意味では、最強の切札を持っていると言えよう。

そういうわけで、現職警官と職員たちの犯罪に目を光らせている本庁警務部人事一課監察や警察庁の首席監察官も百面鬼を摘発できない。うっかり百面鬼の悪事を暴《あば》いたら、警察内部の不祥事を晒《さら》すことになる。そうなったら、警察は威信《いしん》を保《たも》てなくなるだろう。

百面鬼はそれをいいことに、まさにやりたい放題だった。手を焼いた上層部が幾度か彼に罠《わな》を仕掛けたが、いずれも失敗に終わっている。

「ね、灰が落ちるわよ」

美寿々が小声で言った。百面鬼は、慌《あわ》てて長くなった葉煙草《シガリロ》の灰を益子焼《ましこやき》の灰皿の中に落とした。

「何か考えごとをしてたみたいね」

「ごめん、ちょっとな」

「裏仕事の依頼が入ったの？」

「いや、そうじゃない。仮に依頼があっても、いまは引き受ける気にならないな。なにしろ六億の隠し金があるんだ。何もあくせくすることはないだろう」

「無防備にそんなことを口走ってると、ユーを売っちゃうわよ」

「おれがやったことを警視総監にでも密告する気なのか!?」

「リークするなら、東京地検特捜部かメディアね」

「分け前が少なかったらしいな。あといくら欲しいんだ？　はっきり額を言ってくれ」

「ばかねえ、冗談よ。わたしは、誰かさんみたいに欲張りじゃないわ」

美寿々が陽気に当て擦《こす》りを言って、ビアグラスを傾けた。

「どうやらおれに惚れはじめてるようだな。その気になりゃ、そっちはおれを揺さぶれる。なのに、それをしない。つまりは、このおれを好きになったってことだろう？」

「うぬぼれが強いわね。ちょっと退屈《たいくつ》しのぎに悪党刑事《ワルデカ》と遊んでやってるだけなのに」

「言ってくれるじゃねえか」

百面鬼は微苦笑《びくしょう》して、葉煙草の火を揉み消した。

そのすぐ後、上着の内ポケットで私物の携帯電話が鳴った。

百面鬼は懐《ふところ》から携帯電話を摑《つか》み出した。ディスプレイに視線を落とす。見城豪《けんじょうすぐる》の名が表示されている。

裏仕事の相棒だ。四十一歳の見城は、元刑事の私立探偵である。

といっても、探偵業は隠れ蓑《みの》に過ぎない。その素顔は凄腕《すごうで》の強請屋《ゆすりや》だ。見城は法網《ほうもう》を巧《たく》みに潜《くぐ》り抜けている狡猾《こうかつ》な悪人どもの陰謀《いんぼう》を叩き潰《つぶ》し、巨額の口止《くちど》め料を吐き出させていた。

甘いマスクの持ち主で、優男《やさおとこ》に見える。しかし、性格は男っぽい。腕力もある。

見城は女たちに好かれているが、彼自身も相当な女たらしだ。それだけに、セックステクニックには長《た》けていた。そんなことで、見城は情事代行人も務《つと》めていた。彼は夫や恋人に裏切られた女たちをベッドで慰《なぐさ》め、一晩十万円の謝礼を受け取っていた。

ひところは、その副業で毎月五、六十万円は稼いでいたのではないか。リピーターの客も多かったようだ。

もっとも見城は去年の秋に最愛の女性だった帆足里沙《ほあしりさ》を喪《うしな》ってからは、この四月まで酒浸《びた》りだった。表稼業はもちろん、二つの裏仕事もやっていなかった。いまはショックから立ち直り、以前の明るさを取り戻している。

「百《どう》さん、おれんとこに遊びに来ない？」

見城が言った。

彼の自宅兼事務所は、ＪＲ渋谷駅近くの桜丘町《さくらがおかちょう》にある。『渋谷レジデンス』の八〇五号室だ。ご大層に『東京リサーチ・サービス』などという社名を掲《かか》げているが、調査員や女性事務員はひとりも雇っていなかった。

「何かいいことでもあるのか？」

「少し前に七海《ななみ》が貰い物のロマネ・コンティを持って訪ねてきたんだ」

「そうかい」

百面鬼は短く応じた。

伊集院《いじゅういん》七海は見城の新しい恋人である。二十六歳で、国立《くにたち》市にあるケーブルテレビ局のアナウンサー兼パーソナリティーだ。この春に殺害されてしまった盗聴器ハンターの松丸勇介《まつまるゆうすけ》の知り合いだった。

七海も盗聴テクニックを身につけている。松丸の弟子でもあったらしい。

松丸の弔《とむら》いに実家の寺を訪れた七海を見た瞬間、百面鬼は思わず声をあげそうになった。見城の死んだ恋人に瓜《うり》二つだったからだ。その後、見城と七海は恋仲になったのである。

「見城ちゃん、少し気をつけたほうがいいぜ」

「え？」

「七海ちゃんに高いロマネ・コンティをプレゼントした相手は、きっと下心があるにちがいねえ」

「贈り主は洋酒問屋の女社長らしいんだ。その彼女、七海の番組の大ファンなんだってさ。だから、超高級赤ワインを……」

「その女社長、レズっ気《け》があるんじゃねえのか。七海ちゃんは同性からも好かれそうだからな」

「それは考えにくいね。それより、都合《つごう》が悪い？」

見城が訊《き》いた。

「実はデート中なんだよ」

「相手は、例の女殺し屋なんだろうな？」

「そう」

「百《どう》さんも嫌いじゃないね。フラワーデザイナーに浮気がバレないようにしたほうがいいよ」

「わかってらあ。そういうことだから、七海ちゃんによろしく言っといてくれや」

百面鬼は通話を切り上げ、携帯電話を懐に戻した。その直後、美寿々が口を開いた。

「電話、イケメン探偵さんからだったみたいね」

「そうなんだ。遊びに来ないかって誘われたんだが、断った。デート中だからな」

「行ってもよかったのに」

「そりゃねえだろうが」

百面鬼は厚い肩を竦《すく》めた。身長は百七十三センチだが、体重は八十キロを超えている。がっしりとした体型だった。

「気分を害しちゃった？」

「ガキ扱いすんなって。そんなことより、おれのセクシュアル・フェティシズムがうっとうしくなったんじゃないよな」

「さあ、どうでしょう？」

美寿々が返事をはぐらかし、謎めいた笑みを浮かべた。

百面鬼には厄介な性癖があった。セックスパートナーの裸身に黒い喪服《もふく》を羽織《はお》らせないと、欲情を催《もよお》さない。それだけではなかった。着物の裾《すそ》を大きく撥《は》ね上げて後背位で交わらなければ、絶対に射精しない。一種の異常性愛者だろう。

そうした性的な偏《かたよ》りが原因で、百面鬼は十何年前に離婚した。新婚初夜から妻に変態じみた営《いとな》みを強《し》いて、たった数カ月で実家に逃げ帰られてしまったのだ。

それ以来、百面鬼は生家で老父母と暮らしている。もっとも交際中の佐竹久乃の自宅マンションに泊まることが多く、めったに親の家には帰らない。

初めて美寿々と肌を合わせたとき、やはり百面鬼は昂《たか》まらなかった。美寿々は情熱的な舌技を施《ほどこ》してくれたが、虚《むな》しい結果に終わった。

百面鬼は恥を忍んで、自分の性的嗜好《しこう》を明かした。いつも覆面パトカーのトランクルームに数着の喪服を入れてある。どれも着物のリサイクルショップで買った礼服だ。美寿々は奇妙な頼みごとを面白がって、喪服プレイに応じてくれた。

美寿々は色白である。素肌に黒い着物をまとうと、ぞくりとするほど妖艶《ようえん》さを増す。

百面鬼は生唾《なまつば》を溜《た》めながら、白い柔肌を愛撫《あいぶ》しはじめた。いくらも経《た》たないうちに、ペニスは雄々《おお》しく猛《たけ》った。

百面鬼は、せっかちに後背位で分け入った。

美寿々の体は熱く潤《うる》んでいた。少し変わった性愛に刺激を受けたようで、彼女は乱れに乱れた。それからは、喪服プレイが定番になっている。

「遠慮しないで、もっと喰えよ。鮑《あわび》と雲丹《うに》、もう二貫ずつ頼んだら？」

「もうお腹が一杯！　これ以上、入らないわ」

「なら、ホテルで腹ごなしのベッド体操をするか」

百面鬼は美寿々の耳許《みみもと》で囁《ささや》いた。すると、美寿々が甘く睨《にら》んだ。

ちょうどそのとき、斜め前の東西《とうざい》銀行新宿支店で銃声が轟《とどろ》いた。短機関銃《サブマシンガン》の掃射音だった。銃声に銃声が重なった。銀行員が銃器を持っているはずはない。複数の人間が銀行に押し入ったのではないか。

「銀行強盗なんじゃない？」

美寿々が耳をそばだてている鮨職人を気にしながら、早口で言った。

「みてえだな。そっちは、ここにいてくれ」

「様子を見に行くのね」

「そうだ。一応、おれは刑事だからな。すぐ戻ってくる」

百面鬼は連れに言って、勢いよく椅子《いす》から立ち上がった。美寿々が何か小声で言ったが、そのまま店を飛び出す。

百面鬼は車道を横切り、東西銀行新宿支店に駆け込んだ。

ロビーには、硝煙《しょうえん》が立ち込めていた。黒いスポーツキャップを被《かぶ》った二人の男がカウンターの前に立ち、イスラエル製の短機関銃UZI《ウージー》を扇撃《ファニング》ちしている。

どちらも後ろ向きだった。放たれた九ミリ弾が壁面を穿《うが》ち、スチール製のキャビネットを鳴らした。

床《フロア》には、客の男女がうずくまっていた。一様《いちよう》に怯《おび》えている。カウンターの向こう側にいる行員たちも身を伏せていた。百面鬼は、ロビーの端に置かれた大きな観葉植物の陰に隠れた。ウージーを構えている二人組の横顔が見えた。

ともに二十五、六歳と思われる。どちらも目の焦点が定まっていない。

表情は虚《うつ》ろだった。覚醒剤を体に入れているのか。あるいは、誰かにマインドコントロールされているのかもしれない。どちらにしても、様子がおかしかった。

「おれたちは金が欲しいわけじゃない。支店長に用があるんだ。おまえたちがおとなしくしてれば、誰も撃ったりしないよ」

二人組のひとりが誰にともなく言った。どんぐり眼《まなこ》で、色が浅黒かった。もう片方は細身で、上背《うわぜい》がある。

どうやら銀行強盗ではなさそうだ。

奥から二人の中年男が姿を見せた。四十六、七歳の男は背広姿だ。その彼の片腕を強く摑《つか》んでいるのは、五十二、三歳の綿ブルゾンを着た男だった。右手にサバイバルナイフを握っている。

綿ブルゾンの男も、犯人グループの一味と思われる。ナイフで威嚇《いかく》されているのは、おそらく支店長だろう。

百面鬼はショルダーホルスターに手を伸ばし、シグ・ザウエルP230Jの銃把《グリップ》を握った。自動拳銃には、九発装弾してある。拳銃の常時携帯は認められていなかったが、百面鬼はルールを破っていた。

この三カ月の間にメガバンクの支店長四人が相次いで正体不明の三人組に拉致《らち》され、それぞれ数日後に惨殺体で発見されている。ここにいる三人組の犯行臭い。おおかた犯人たちは、メガバンクに個人的な恨《うら》みがあるのだろう。

三人組を逮捕しても、なんのメリットもない。

百面鬼は事件に関わらないことにした。三人組は支店長と思《おぼ》しき中年男を表に連れ出すと、足早に立ち去った。

どのホテルにしけ込むか。百面鬼は騒ぎに気づかなかったような振りをして、観葉植物の鉢から離れた。

2

喪服の裾を大きく捲《めく》り上げる。

水蜜桃《すいみつとう》のような白いヒップが露《あらわ》になった。百面鬼は舌の先で乾いた唇を舐《な》めた。

六本木五丁目にあるシティホテルの一室だ。美寿々はダブルベッドの枕に顔を埋め、尻を高く掲《かか》げている。

窓はドレープのカーテンで閉ざされているが、室内は仄《ほの》かに明るい。

まだ午後四時前だった。二人は少し前までバスルームで戯《たわむ》れていた。ディープキスを交わしながら、ひとしきり体をまさぐり合った。

百面鬼は敏感な突起を集中的に刺激し、美寿々に最初のエクスタシーを味わわせた。美寿々はカミングと短く叫び、均斉《きんせい》のとれた裸身を硬直させた。

悦楽《えつらく》のうねりが凪《な》ぐと、彼女は床タイルにひざまずいた。

百面鬼の下腹は、まだ熱を孕《はら》んでいなかった。それを感じ取った美寿々が上半身を起こし、オーラルプレイに励んだ。それでも、男根《だんこん》は肥大しなかった。百面鬼は美寿々を傷つけた気がして、すぐに口唇《こうしん》愛撫を中断させた。

美寿々は困惑顔で先にバスルームを出た。百面鬼は全身にボディーソープの泡をまぶし、ゆっくりと洗い流した。

浴室を出たとき、ちょうど美寿々はベッドサイドで裸身に喪服をまとっていた。

黒い着物は、肌の白さを一段と際立《きわだ》たせている。百面鬼の欲望は、にわかに膨《ふく》れ上がった。美寿々が艶然《えんぜん》と笑い、ベッドに俯《うつぶ》せになった。

百面鬼はバスローブを脱ぎ捨て、美寿々の足許《あしもと》に両膝を落とした。すると、美寿々は形のいい尻を宙に浮かせた。

「ものすごくセクシーだよ。尻《けつ》を喰っちまいたいほどだ」

百面鬼は、ごつい手で張りのあるヒップを撫《な》で回しはじめた。ラバーボールのような手触りだ。

「人肉喰《カニバリズム》いまでは許さないわよ」

美寿々が笑いを含んだ声で言った。

百面鬼は頬を緩《ゆる》め、美寿々の臀部《でんぶ》に口唇を滑らせはじめた。柔肌を吸いつけ、軽く歯を立てる。ソフトに咬《か》むと、美寿々はくすぐったそうな声を洩《も》らした。

百面鬼は唇をさまよわせながら、秘めやかな場所に右手を伸ばした。

美寿々の合わせ目は、わずかに笑《え》み割れていた。愛らしい花びらは火照《ほて》りを帯び、ぼってりと膨《ふく》らんでいる。

百面鬼は指先で二枚の花弁を押し拡《ひろ》げた。

襞《ひだ》の奥は濡れそぼっていた。愛液を指で掬《すく》い取り、痼《しこ》った陰核《クリトリス》に塗りつける。

美寿々が身を揉んで、切なげに呻《うめ》いた。百面鬼はフィンガーテクニックを駆使《くし》しはじめた。

美寿々の喘《あえ》ぎ声は、ほどなく淫蕩《いんとう》な呻き声に変わった。

百面鬼は左手を喪服の八《や》つ口《ぐち》から潜《もぐ》り込ませ、美寿々の乳房を掌《てのひら》全体で包んだ。砲弾を連想させる隆起は弾力性に富んでいた。乳首は硬く尖《とが》っている。メラニン色素は淡い。

「ああっ、また来そうよ」

「アメリカ育ちだから、達したときにカムとかカミングって口走っても仕方ねえけど、一度、日本語を使ってくれよ」

「無理な注文をつけないで。子供のころからアメリカ人の中で暮らしてきたんだから、仕方ないでしょ？」

「ま、そうだけどな」

「いやだわ。気が散ったせいか、感じ方が鈍《にぶ》くなってきたみたい」

美寿々が言った。いかにも残念そうな口ぶりだった。

百面鬼は反省し、愛撫に熱を込めた。

数分が流れたころ、美寿々は二度目の極《きわ》みに駆け上がった。やはり、カミングという言葉を発した。溶《メルティング》けるという単語も百面鬼の耳に届いた。ジャズのスキャットめいた唸《うな》り声は長く尾を曳《ひ》いた。

「ユーと一つになりたいわ」

美寿々が息を弾《はず》ませながら、小声でせがんだ。

百面鬼は半身を起こし、美寿々の腰を引き寄せた。穏《おだ》やかに体を繋《つな》ぐ。美寿々がなまめかしく呻いた。男の欲情をそそるような声だった。

百面鬼は腰を躍《おど》らせはじめた。

美寿々が迎え腰を使いだした。彼女のヒップは円を描くようにくねったかと思うと、前後にも動いた。

百面鬼は煽《あお》られ、律動《りつどう》を速めた。

数分後、美寿々が三度目の頂《いただき》に達した。百面鬼はワンテンポ遅れて、果てた。

射精感は鋭かった。頭の芯《しん》が一瞬、白く霞《かす》んだ。

二人は交接したまま、余韻《よいん》に身を委《ゆだ》ねた。

百面鬼は喪服の袖を捲《めく》り上げ、美寿々の銃創《じゅうそう》を見た。外科医は傷口をきれいに縫合《ほうごう》してくれたが、手術痕《あと》は生々しい。その部分はピンクに光っている。

「そっちを撃つんじゃなかったよ」

百面鬼は指の腹で傷痕をそっと撫でた。

「別にユーのことは恨んでないわ。撃ち殺されなかったんだから、ラッキーだったと思ってる。ほんとよ」

「やっぱり、シュートすべきじゃなかった。こんなに滑《なめ》らかな腕に傷痕をつけちまったんだから、罪深いことをしたよな」

「これぐらいの傷痕は、どうってことないわよ。殺し屋の勲章《くんしょう》だわ」

「そう言ってもらえると、少し気持ちが軽くなるよ」

百面鬼は腹這《はらば》いになって、葉煙草《シガリロ》に火を点《つ》けた。

美寿々は軽く目を閉じ、じっと動かない。改めて情事の余韻《よいん》に浸《ひた》っているのだろう。

百面鬼は一服し終えると、静かにベッドから抜け出た。先にシャワーを浴びる気になったのだ。

バスルームに入り、ざっと汗を流す。シャワーヘッドをフックに戻したとき、部屋のチャイムが鳴った。百面鬼は大急ぎで腰にバスタオルを巻きつけた。

そのとき、バスルームのドア越しに美寿々の声が聞こえた。

「どなた？」

「ホテルの修繕部の者です。お客さまのお部屋の空調装置にエラーサインが出ていまして……」

若い男の声だった。

「そうなの」

「すぐに済みますので、点検させていただけませんでしょうか」

「少し待って。シャワーを浴びたばかりなの。急いで身繕《みづくろ》いをするわ」

会話が途絶《とだ》えた。

その直後、ドアが乱暴に解錠された。美寿々が驚きの声をあげ、後ずさる気配が伝わってきた。次の瞬間、空気の洩れるような音が百面鬼の耳に届いた。消音器を嚙《か》ませた拳銃の発射音だろう。

美寿々が奥に逃げる足音がした。

百面鬼はバスルームのドアを大きく押し開けた。部屋の出入口のそばに、黒いスポーツキャップを被った二十代半《なか》ばの男が立っていた。

その右手には、ロシア製のサイレンサー・ピストルが握られている。マカロフPBだ。

百面鬼は男の顔を正視した。

見覚えがあった。数時間前に東西銀行新宿支店に押し入った三人組のひとりだった。

どんぐり眼で、色の浅黒い男である。

「てめえ、なんの真似だっ」

百面鬼は相手を睨《にら》みつけながら、大声を張り上げた。

男が短く迷ってから、無言で発砲した。とっさに百面鬼は横に跳《と》んだ。放たれた銃弾はバスルームのドアを撃ち抜いた。

「この野郎ーっ」

百面鬼は羆《ひぐま》のように伸び上がって、両腕を高く翳《かざ》した。

スポーツキャップを被った男は気圧《けお》されたらしく、焦《あせ》って後退しはじめた。すぐに身を翻《ひるがえ》した。

「待ちやがれ！」

百面鬼は、一五〇三号室を飛び出した若い男を追った。しかし、いくらも走らないうちに腰からバスタオルが剝《は》がれ落ちてしまった。

まさか全裸で追いかけるわけにはいかない。百面鬼は廊下からバスタオルを拾い上げ、大急ぎで腰に巻きつけた。

サイレンサー・ピストルを持った男は、エレベーターホールのある方向に逃げていった。百面鬼はエレベーターホールに向かって走りだした。

エレベーターホールに達したとき、函《ケージ》に乗り込む男の後ろ姿が見えた。百面鬼はエレベーターの下降ボタンに手を伸ばした。

だが、間に合わなかった。函《ケージ》の扉が閉まり、エレベーターは下りはじめた。

「くそったれ！」

百面鬼は階数表示ランプを目で追った。ランプが静止したのは、地下二階の駐車場だった。仲間の車が待機しているにちがいない。追っても無駄だろう。

忌々《いまいま》しかったが、百面鬼は一五〇三号室に引き返した。

美寿々は、シナモンベージュのパンツスーツに着替えていた。インナーは黒いカットソーだった。

「怪我はないな？」

百面鬼は真っ先に確かめた。

「ええ、無傷よ。ユーも撃たれなかったんでしょ？」

「ああ。逃げた奴に見覚えは？」

「ないわ、まったく」

「そうか。おれは、野郎を東西銀行新宿支店のロビーで見てるんだ。支店長と思われる四十代後半の男を連れ去った三人組のひとりだった。間違いないよ」

「いったい、どういうことなのかしら？」

美寿々が小首を傾《かし》げ、ソファに腰かけた。百面鬼は美寿々と向き合う位置に坐《すわ》った。

「スポーツキャップを被った奴は入室するなり、いきなり一発ぶっ放した。標的がそっちだったことは間違いなさそうだ。何か思い当たることは？」

「すぐに思い当たるようなことはないわ。でも、もしかしたら、先月の仕事のことで命を狙われることになったのかもしれないな」

「もっと詳しく話してくれないか」

「ええ、いいわ。九月の上旬に謎の依頼人に頼まれて、わたし、中小企業の元社長を射殺したことがあるのよ」

「そいつの名は？」

「堀越洋平《ほりこしようへい》って名前で、五十六歳だったかな。その堀越は金型《かながた》関係の製造会社を経営してたらしいんだけど、銀行の貸し剝《は》がしに遭《あ》って自分の会社を倒産させてしまったそうなの。そんなことで取引先のＪＫＳ銀行の頭取を誘拐《ゆうかい》して、身代金をせしめようとしたんだって」

美寿々が言った。

「その話は事実なのか？」

「事実かどうかはわからないけど、堀越を亡き者にしてくれと言ってきた謎の人物はそう言ってたわ」

「正体不明の殺しの依頼人とは一度も会ってないのか？」

「ええ。謎の依頼人はわたしが泊まってるホテルに電話をしてきて、報酬の一千万円と堀越に関する資料や顔写真の入った蛇腹《じゃばら》封筒をフロントに預けたの。ボイス・チェンジャーを使ってたようで、声はとても不明瞭《ふめいりょう》だったわ。だけど、そう若くはない男だと思う」

「そいつは名乗ったのか？」

「ええ、中村一郎《なかむらいちろう》と名乗ったわ。でも、おそらく偽名でしょうね」

「だろうな。報酬が先払いだったんで、そっちは堀越を殺《や》ったわけだ？」

「ええ、そう。わたし、お金が欲しかったわけじゃなかったのよ。左手でどこまで正確に標的をシュートできるか、どうしても試してみたかったの」

「で、どうだったんだ？」

「一発では仕留《しと》められなかったわ。二発目で、やっと堀越の頭を……」

「そうか。銀行の頭取を誘拐しようとしたとき、堀越には誰か共犯者がいたんじゃないのかな」

「その共犯者は頭取誘拐未遂事件に自分も関与してることを警察に知られるのを恐れて、仲間の堀越をわたしに始末させたんじゃないかってこと？」

「そういう可能性はあるんじゃないか。ただ、さっきの野郎が堀越の共犯者とは思えないな」

「逃げた男が共犯者だったとしたら、自分で堀越を射殺してたでしょうね」

「そうするだろうな。堀越の共犯者は小心者で、そっちに殺人依頼した事実が露見《ろけん》するのを防ごうとした。それだから、スポーツキャップの男に片づけさせようとしたんじゃないのか」

「そんな臆病《おくびょう》な奴だったら、わたしに堀越を始末させようとも思わないでしょ？」

「そうか、そうだろうな」

百面鬼は頭を搔《か》いた。

「謎の依頼人は何か堀越に弱みを握られて、脅迫されてたんじゃない？　そう考えるのが自然でしょう？」

「だろうな。それにしても、なぜ、そっちの命まで狙う必要があったのか。そいつがわからない」

「そうね。退屈しのぎに、ちょっと探偵ごっこをしてみようかな。わたしを殺したがってる奴がいるなら、それなりの決着《オトシマエ》はつけてやりたいもの」

「ちょいと調べてみようや。そっちに堀越殺しを頼んだ奴を見つけ出せば、謎は解けるだろう」

「ええ、多分ね。ちょっとシャワーを浴びてくるわ」

美寿々が立ち上がり、バスルームに向かった。

3

陰茎を握られた。

その感触で、百面鬼は眠りを破られた。真珠色のネグリジェを着た久乃が半身を起こしていた。

代々木にある久乃の自宅マンションの寝室だ。六本木のホテルから恋人の自宅に戻ったのは午前二時近い時刻だった。結局、百面鬼は三度も美寿々と求め合った。

ここに帰ったとき、すでに久乃は寝《やす》んでいた。百面鬼はこれ幸いとばかりにベッドに潜《もぐ》り込み、そのまま眠りについた。

出窓のカーテン越しに、朝の光がうっすらと射《さ》し込んでいる。寝室は、それほど暗くなかった。

「いま、何時？」

百面鬼は問いかけた。

「六時半過ぎよ」

「そうか。どうして急に……」

「体の芯《しん》が妙に火照《ほて》っちゃって、よく眠れなかったの。ちょっといたずらさせて」

久乃が熱のあるような目で言い、百面鬼のトランクスを一気に引き下げた。

トランクスは、一気に足首から抜き取られた。百面鬼は上半身に何も着けていなかった。素っ裸になる形になった。

「竜一さんは何もしてくれなくてもいいの」

久乃がそう言い、百面鬼の股の間にうずくまった。

百面鬼はホテルを出る直前、性器をボディーソープで丁寧《ていねい》すぎるほど丹念に洗った。ボディーソープの匂いで、浮気がバレてしまうのではないか。

百面鬼は少し不安になった。

久乃を棄《す》てる気はなかった。しかし、美寿々も失いたくない。男特有の狡《ずる》い考えだが、自分にはどちらの女も必要だった。身勝手は承知だ。

百面鬼は瞼《まぶた》を閉じた。まだ眠かった。

下腹部に久乃の湿《しめ》った息がかかる。彼女は愛《いと》おしげに百面鬼の繁みをひとしきり指で梳《す》くと、ペニスを弄《もてあそ》びはじめた。指先で亀頭を揉まれているうちに、百面鬼は少しずつ反応しはじめた。とはいえ、例によって半立ちだった。久乃はもどかしげだ。

百面鬼は勢いよく上体を起こし、恋人を仰向《あおむ》けに横たわらせた。

ネグリジェの前ボタンを一つずつ外す。百面鬼は豊満な乳房に目を当てながら、水色のデザインショーツを腰から引き剝がした。

久乃が目をつぶった。

百面鬼は胸を重ね、久乃の唇をついばみはじめた。二人はバードキスを交わすと、舌を絡《から》め合った。

百面鬼は舌を吸いつけるだけではなく、歯茎《はぐき》もくすぐった。舌の裏も舐める。どちらも、れっきとした性感帯だ。

ディープキスが終わると、百面鬼は唇を久乃の項《うなじ》に移した。耳の中に尖らせた舌を潜らせ、耳朶《みみたぶ》を甘咬《あまが》みする。髪の生《は》え際《ぎわ》にも唇を押し当て、両方の上瞼《うわまぶた》にくちづけもした。

「竜一さん、わたしにだけは絶対に嘘《うそ》つかないでね」

久乃が喘《あえ》ぎ喘ぎ、唐突に言った。

「なんだよ、急に？」

「男性は蜜蜂《みつばち》みたいなものだから、いろんな花の蜜を吸いたくなっても仕方ないと思うわ。ほかの女性と適当に遊んでもいいけど、心まで持っていかれないでね」

「おれが浮気したとでも思ってんのか？」

百面鬼は内心の狼狽を隠して、努《つと》めて平静に問いかけた。

「正直に答えて。昨夜《ゆうべ》、どこかで浮気してきたんでしょ？」

「何を言い出すんだっ。おれは、久乃にぞっこんなんだ。浮気なんかするわけないだろうが」

「ほんとに？」

「ああ」

「嬉《うれ》しいわ」

久乃が百面鬼の肩と頭を同時に撫でた。

百面鬼は体をずらし、愛らしい胸の蕾《つぼみ》を交互に口に含んだ。舌で打ち震わせ、時々、吸いつける。

「竜一さん、あなたが欲しいの」

久乃が器用に体を振って、ネグリジェを脱いだ。

百面鬼の分身は、いつからか萎《な》えていた。そのことに気づくと、久乃はベッドを滑り降りた。クローゼットに走り入り、喪服を引っ張り出してきた。

だが、すぐには黒い着物は羽織《はお》らなかった。久乃は爪と歯を使って、喪服をびりびりに引き裂《さ》いた。

「おい、何をしてるんだ⁉」

百面鬼は、わけがわからなかった。

久乃は無言で柔肌に喪服をまとうと、ベッドに上がった。すぐに彼女は獣の姿勢をとった。ほつれた縫い目や裂け目から、抜けるように白い肌が覗《のぞ》いている。なんとも煽情的な眺めだ。

百面鬼は急激に猛《たけ》った。自分でも驚くほどの反応だった。ペニスは角笛《つのぶえ》のように反《そ》り返っていた。急いで交わる。

久乃が腰をくねくねと動かしはじめた。

百面鬼は、がむしゃらに突きまくった。久乃の体がクッションのように弾む。百面鬼は喪服の裾を背中まで捲り上げ、抽送《ちゅうそう》を繰り返した。

久乃のウエストのくびれや腰の曲線がなんとも悩ましい。千切《ちぎ》れかけている袖が揺れる様《さま》もエロティックだった。

百面鬼は律動《りつどう》を一段と速めた。

やがて、背筋が立った。心地よい痺《しび》れを伴った快感が脳天まで駆け上がった。爆《は》ぜた瞬間、思わず百面鬼は獣のように唸ってしまった。

やや遅れて、久乃もエクスタシーに達した。悦《よろこ》びの声を迸《ほとばし》らせながら、フラットシーツに俯《うつぶ》せになった。

百面鬼は先にティッシュペーパーの束を久乃に手渡し、おもむろに自分の体を拭《ぬぐ》った。さすがに疲れた。百面鬼はトランクスを穿《は》くと、崩れるように横になった。

わずか数分で眠りに落ちた。

サイドテーブルの上に置いてある私物の携帯電話が着信音を刻んだのは、およそ四時間後だった。百面鬼は寝ぼけ眼で携帯電話を摑み上げた。

「わたしよ」

発信者は美寿々だった。

百面鬼は跳ね起きた。好都合なことに久乃の姿は見当たらない。フラワーデザイン教室に出かけたようだ。

「どうした？」

「きのうの夜、部屋に押し入ってきた奴が一階のロビーにいたの。わたし、あの男を尾行して正体を突きとめようと思ってるんだけど……」

「いや、それは危険だな。おれが野郎を尾《つ》けるよ。いま、どこにいるんだ？」

「フロントの横にあるティールームよ」

「わかった。おれがホテルに行くまで、ティールームから怪しい奴を見張っててくれないか。できるだけ早く行く」

「ええ、お願いね」

美寿々が先に通話を切り上げた。

百面鬼はベッドから離れ、手早く身支度《みじたく》をした。クローゼットの中には、着替えの背広やカラーシャツが入っている。居間に移ると、コーヒーテーブルの上に久乃の走り書きが載《の》っていた。やはり、彼女は仕事に出かけたのである。

百面鬼は洗面所に直行し、洗顔を済ませた。歯磨きはしたが、髭《ひげ》は剃《そ》らなかった。百面鬼は久乃の部屋を出て、エレベーターで地下駐車場に降りた。慌《あわ》ただしくオフブラックのクラウンに乗り込む。

覆面パトカーだ。同僚の刑事たちは、ワンランク下の車を職務に使っている。百面鬼は署長の弱みを切札にして、自分専用の覆面パトカーを特別注文させたのだ。もちろん、前例のないことだった。

マンションの外に出ると、百面鬼は屋根《ルーフ》に磁石式の赤色灯を装着した。サイレンをけたたましく鳴らしながら、美寿々のいる六本木エクセレントホテルに急ぐ。

二十分弱で、目的のホテルに到着した。百面鬼は覆面パトカーをホテルの駐車場に入れ、一階に上がった。例の男はロビーの隅《すみ》で新聞を読んでいた。

百面鬼はティールームに足を向けた。

美寿々はレジに近い席に坐っている。百面鬼は軽く片手を挙げ、美寿々の前に腰かけた。ブレンドコーヒーを注文する。

「きのうはお疲れさまでした」

美寿々が照れた顔で言った。

「知力にゃ自信ねえけど、体力はあるんだ。それはそうと、どんぐり眼《まなこ》の野郎は一五〇三号室に接近してきたのか？」

「ううん、それはなかったみたい。わたしが外出するチャンスをうかがってるんだと思うわ。グリルで目を合わせたときは、サイレンサー・ピストルを出す素振りは見せなかったの」

「人のいる所じゃ発砲しないだろう」

「そうでしょうね」

「警察手帳を使って奴に職務質問してもいいんだが、まともにゃ答えないと思う。だから、野郎を尾行したほうがいいな」

百面鬼はそう言い、やや上体を反らした。ウェイトレスがコーヒーを運んできたからだ。

ウェイトレスが下がると、美寿々が先に口を開いた。

「わたし、いったんホテルの外に出て、怪しい男を撒《ま》くわよ。そうしたら、あいつは諦《あきら》めて、きょうは引き揚《あ》げるんじゃない？」

「ちょっとリスキーだけど、その手でいくか」

「ええ」

「おれはすぐ野郎に張りつくから、そっちにおかしなことはさせないよ」

百面鬼は美寿々を安心させてから、コーヒーを啜《すす》った。一服すると、彼は美寿々を目《め》顔《がお》で促《うなが》した。

美寿々が黙ってうなずいて、ごく自然に腰を浮かせた。ティールームは嵌《は》め殺しのガラスで仕切られていた。ロビーの様子は手に取るようにわかる。

美寿々はティールームを出ると、表玄関の回転扉に向かった。

どんぐり眼の男が新聞を折り畳んで、慌てた様子でソファから立ち上がる。

百面鬼は急いで二人分のコーヒー代を払い、ティールームを出た。例の男は美寿々を追って、ホテルの外に出た。百面鬼は足を速めた。

美寿々はホテルの敷地を出ると、小走りで駆けだした。どんぐり眼の男も走りはじめた。百面鬼は靴音を殺しながら、二人を追った。

美寿々は脇道に入ると、全速力で走りはじめた。

追っ手の男も駆け足になった。百面鬼は猛然と追った。

男が駆けながら、腰からサイレンサー・ピストルを引き抜いた。

逃げる美寿々を後ろから撃つ気らしい。

百面鬼は走りつつ、右手を懐に入れた。シグ・ザウエルP230Jの銃把を握ったとき、男が急に立ち止まった。マカロフPBを両手保持で構えた。

殺気を感じたのか、美寿々は路上駐車中の白っぽいライトバンの陰に走り入った。そのとき、男が引き金を絞った。

銃弾はライトバンのドアミラーを弾《はじ》き飛ばした。意外に大きな音が響いた。

男は肩を竦《すく》め、近くの裏通りに逃げ込んだ。

百面鬼は石塀《いしべい》や生垣《いけがき》にへばりつきながら、どんぐり眼の男を注意深く追尾《ついび》しつづけた。

男は大きく迂回《うかい》してから、六本木エクセレントホテルに舞い戻った。

だが、館内には入らなかった。駐車場に駆け込み、グレイのカローラに乗り込んだ。

ナンバープレートに〝わ〟の文字が見える。レンタカーだ。

百面鬼はカローラのナンバーを頭に刻みつけながら、覆面パトカーの運転席に入った。

カローラが発進した。

百面鬼は充分な車間距離をとってから、カローラを追いはじめた。カローラは六本木通りに出ると、渋谷方面に向かった。

百面鬼は端末を操作して、ナンバー照会をした。レンタカー会社は判明したが、問題のカローラは一週間ほど前に営業所から盗み出されたものらしい。

百面鬼は歯噛みし、追いつづけた。

カローラは六本木通りから青山通りに入り、そのまま道なりに進んだ。玉川通りをしばらく走り、三軒茶屋の少し手前にあるファミリーレストランの広い駐車場に入った。

どんぐり眼の男は、仲間と落ち合うことになっているのか。そうではなく、単にひとりで飲食する気なのだろうか。

百面鬼は、カローラから数十メートル離れた場所に覆面パトカーを駐《と》めた。マークした男はカローラから降りると、ファミリーレストランの店内に消えた。

百面鬼は葉煙草《シガリロ》を一本喫ってから、クラウンを降りた。

店内に入り、素早く視線を巡《めぐ》らせる。しかし、例の男の姿は目に留《と》まらない。百面鬼はトイレを覗いてみた。そこにも、サイレンサー・ピストルをぶっ放した人物はいなかった。

百面鬼はトイレを出ると、店長との面会を求めた。

声をかけた二十代後半の男が店長だった。百面鬼は警察手帳を短く呈示《ていじ》して、相手の顔を直視した。

「少し前に目がぐりっとした色の浅黒い男がこの店に入ったよな？　二十五、六の奴だよ」

「その方はヤミ金業者にしつこく追い回されてるんで、裏から逃がしてくれないかとおっしゃったんです。とても怯《おび》えた様子だったので、わたし、その方を従業員の休憩室から裏に逃がしてあげました」

「なんてことだ」

「まずかったですか？」

店長がおずおずと訊いた。

「そいつは犯罪者なんだよ」

「ええっ!?　彼、何をやったんです？」

「二度も殺人未遂事件を起こしたんだ。野郎は、ロシア製のサイレンサー・ピストルを隠し持ってた」

「そうなんですか」

「奴に協力しなかったら、そっちは撃ち殺されてたかもしれないな」

百面鬼は店長に言って、大股《おおまた》で店を出た。美寿々にマークした男に尾行を撒かれたことを電話で伝え、クラウンに乗り込む。

百面鬼は署に顔を出して、東西銀行新宿支店の事件の情報を集めることにした。その線から、逃げた男の身許《みもと》がわかるかもしれない。

百面鬼は覆面パトカーを走らせはじめた。

新宿署に着いたのは、およそ三十分後だった。刑事課に入ると、鴨下進《かもしたすすむ》課長だけしかいなかった。課長は五十三歳である。

百面鬼は数カ月前、鴨下に少し威《おど》しをかけていた。課長は署長の顔色をうかがうタイプだった。百面鬼は署長の弱みを握っている。そんなことで、直属の上司である鴨下は百面鬼に一目置くようになっていた。

「やあ、百面鬼君」

「課長、おれを気安く君《くん》づけで呼んでもいいのかな？」

「失敬《しっけい》、失敬！　ついうっかりしてしまった。百面鬼さん、どうか気を悪くしないでくれ。いや、気を悪くしないでください」

「焦って言い直さなくてもいいって。それより、きのうの午後、東西銀行新宿支店に三人組が押し入って、支店長を拉致《らち》したよな？」

「ああ。いえ、そうですね。須貝将人《すがいまさと》という支店長が拉致されたんですよ」

「これまでにメガバンクの支店長が四人も正体不明の三人組に連れ去られて、それぞれが数日後に惨殺体《ざんさつたい》で発見されてる。同一グループの犯行臭《くせ》えな」

「しかし、まだ決め手になるようなものがないんですよ」

「銀行の防犯カメラにゃ、犯人どもの姿が映ってるはずだがな」

「ああ、それはね。過去四件の事件は同一グループの犯行と思われるが、犯人たちは揃《そろ》ってフェイスマスクで顔を隠して、手袋も嵌《は》めてたんですよ。ただ、きのうの事件の三人組はなぜかスポーツキャップを被ってるだけでした」

「なら、犯人どもの面《つら》は映ってるんだろう？」

百面鬼は確かめた。

「ええ。それで三人組のひとりの身許は割れたんだ。いいえ、割れたんですよ」

「そいつの名は？」

「内山繁《うちやましげる》です。二十六歳ですね。内山には傷害の前科《マエ》がありました。コンピューター・エンジニアだった内山は酔った勢いで居酒屋にいた客とささいなことから殴り合いになって、相手の工員の頭をビール壜《びん》でぶっ叩いてしまったんですよ。二十代の男たちは、すぐにキレますのでね」

「五十代のおっさんたちも、よく駅員をぶっ飛ばしてるようだぜ」

「ええ、そうみたいですね。堅気の二十代と五十代の男たちが傷害事件を多く起こしてることは、統計でも明らかです。若年層の就職率は低いし、五十代の勤め人たちはリストラに怯えてます。自分の将来が不安だから、苛々《いらいら》してるんでしょうね」

鴨下が分析してみせる。

「そうなんだろうな。で、内山って奴は実刑を喰らったの？」

「ええ。相手に全治三カ月の大怪我を負わせたってことで、一年数カ月服役して、この九月に出所したばかりです」

「そう。課長、内山繁に関する捜査資料を大急ぎで集めてよ」

「き、きみ！」

「なんか文句あるのかな？」

「いいえ、別に」

「頼んだぜ」

百面鬼は上司に言って、自席にどっかと腰かけた。

五分ほど待つと、鴨下が資料を持ってきた。百面鬼は机の上に両脚を投げ出し、ざっと資料に目を通した。内山は出所後、平井弓彦《ひらいゆみひこ》という保護司が経営している段ボール製造会社で働いていた。勤務先と社員寮は、目黒区上目黒の同じ敷地にある。

「内山の実家は板橋区内にあるんですが、仮出所後は一度も親許には戻ってないようです」

「平井って保護司のことを少し教えてほしいな」

「はい。平井は四十八歳で、およそ五年前から保護司をやっています。保護観察中の未成年者や仮出所した成人受刑者たち十数人を自分の会社で住み込みで働かせてるんですよ」

鴨下が言った。

「いわゆる篤志家《とくしか》ってやつだな」

「ええ、そういうことになりますね」

「まさか平井弓彦も前科《マエ》持ちじゃねえよな？」

「犯歴はありません。ただ、二十五年以上も前に三つ違いの弟が喧嘩《けんか》で対立してたグループの一員に刺殺されてしまったんですよ」

「ふうん」

「平井はグレてた弟を更生させられなかったことに責任と後悔を感じて、進んで保護司になったようです」

「『平井紙業』の社員数は?」

百面鬼は訊いた。

「三十七人だったと思います」

「黒字経営なの?」

「そのあたりのことは、まだ把握《はあく》していません」

「内山の居所は?」

「わかりません。会社の社員寮にはいないという報告を受けています。おそらく内山は、須貝支店長を監禁してる場所にいるんでしょう。しかし、いまのところ監禁場所は不明でしてね」

「三人組は東西銀行に身代金《みのしろきん》を要求してるのか?」

「きょうの午前中に犯人グループが東西銀行の頭取に二十億円の身代金を要求したそうです。しかし、銀行側は身代金の支払いを渋ってるようなんですよ」

「支店長を見殺しにする気なのか。過去四件の支店長誘拐事件の被害者《マルガイ》たちは全員、惨殺されてる。それぞれの銀行が身代金をすんなり払わなかったからだろう」

「ええ、おそらくね」

「過去四件の犯人グループは、三人ともフェイスマスクで面《つら》を隠してたんだよな？」

「そうです。しかし、昨日の事件の三人組はスポーツキャップを被ってるだけでした。これまでの四件の犯人グループとは別の連中なんですかね」

「そうかもしれないな」

「百面鬼さん、なぜ昨日の犯行《ヤマ》に興味を持たれたんです？」

「ただの気まぐれだよ。課長、もう自分の席に戻れや」

百面鬼は野良犬を追っ払うように手を振った。鴨下は一瞬、険《けわ》しい顔つきになった。しかし、すぐに愛想笑いをして自席に引き返していった。

百面鬼は嘲笑《ちょうしょう》した。胸には、下剋上《げこくじょう》の歓《よろこ》びが宿っていた。

4

煤《すす》けた工場だった。

『平井紙業』は目黒川の畔《ほとり》にあった。工場の一隅《いちぐう》が事務所になっていた。電灯が点《つ》いている。同じ敷地内にある社員寮も、みすぼらしかった。二階建てで、外壁のモルタルはあちこち剝《は》がれ落ちている。

百面鬼は『平井紙業』の門を潜《くぐ》った。

すると、暗がりから人影が現われた。短く刈り込んだ頭髪をブロンドに染めた二十歳《はたち》そこそこの男だった。なぜか、木刀を手にしている。

「取材なら、お断りだぜ。おれたちは迷惑してんだ」

「『平井紙業』で働いてる工員さんか？」

「そうだよ。おっさん、でけえ面《つら》してるじゃねえか。木刀しょわせてやろうかっ」

「好きにしな」

百面鬼は若者を挑発した。

相手が気色《けしき》ばみ、木刀を大上段《だいじょうだん》に振り被《かぶ》った。百面鬼は数歩前に踏み出した。誘いだった。すぐにステップバックする。

木刀が振り下ろされた。

切っ先がコンクリートを叩く。金髪の男が長く呻いた。手に痺《しび》れを覚えたのだろう。

「おっさん、やるじゃねえか」

「もうやめとけ」

「うるせえ。おれは五人の暴走族《ゾク》を鉄パイプでめった打ちにして、八王子の少年院《ネンシヨウ》にぶち込まれたんだ。なめんじゃねえ！」

「元気な坊やだな」

百面鬼は、せせら笑った。相手がいきり立ち、木刀を横に薙《な》いだ。

刃風《はかぜ》は重かった。まともに叩かれたら、どこか骨が折れただろう。しかし、刃先は三十センチ以上も離れていた。

相手の体勢が崩れた。

百面鬼は前に跳《と》んで、若者の睾丸《こうがん》を蹴り上げた。相手が呻きながら、腰を沈める。

すかさず百面鬼は、大腰《おおごし》で若い男を投げ飛ばした。

相手は横倒しに転がった。木刀を握りしめたままだった。

百面鬼は踏み込んで、若者の脇腹を蹴った。相手が唸《うな》りながら、手脚を縮める。木刀は手から零《こぼ》れ落ちた。

「坊主、少年院に逆戻りするか。え？」

「あんた、何者なんだっ」

「新宿署の者だ」

「嘘だろ!?」

「警察手帳《パス》、見せてやってもいいぞ」

「刑事《デカ》にしちゃ、荒っぽすぎる」

「いろんな刑事がいるんだよ。平井社長は、まだ会社にいるのか？　いたら、内山繁のことをいろいろ訊きてえんだ」

「平井先生は、まだ事務所にいるけど……」

相手が言い澱《よど》んだ。どうやら会わせたくないらしい。

百面鬼は勝手に事務所に入った。四十八、九歳の男がパソコンに向かっていた。ほかに人の姿はない。

「警察の者だ。平井社長に会いたいんだがね」

「わたしが平井です。内山君のことで聞き込みに見えたんでしょ？」

「そう。新宿署の百面鬼だ」

「あちらで話をしましょうか」

平井が椅子から立ち上がり、奥にあるソファセットを手で示した。

スチールのデスクは三つしかなかった。事務所の左手が工場になっているようだ。仕切りドアのノブのあたりは、機械油で薄汚れていた。

二人は人工皮革の安っぽいソファに腰かけた。向かい合う形だった。平井は奥のソファに坐っている。

「うちの署の者がすでに事情聴取に来たはずだが、ちょっと追加の聞き込みをしたくってね」

百面鬼は言った。

「そうですか。警察の方から内山君が東西銀行の新宿支店長を誘拐した犯人グループのひとりだと聞かされたときは、一瞬、自分の耳を疑ってしまいました」

「内山は仮出所後、ずっと真面目《まじめ》な暮らしをしてた？」

「ええ、そうなんですよ。工場と社員寮を往復するような生活で、夜遊びもしていませんでした。休日も散歩や買物に出かけるだけでしたね」

「金に困ってる様子は？」

「それはうかがえませんでした」

「交友関係について教えてもらいたいんだ。社員寮に遊びに来てた友人は？」

「そういう人はいませんでした。もともと内山君、人づき合いは苦手なほうだったんですよ」

「そうなら、つき合ってる女もいなかったんだろうな」

「ええ、そう思います。刑事さん、逆に質問してもかまいませんか」

平井が遠慮がちに言った。柔和《にゅうわ》な顔立ちで、物腰も柔らかい。ただ、目が暗かった。何かルサンチマンめいた負《ふ》の感情を心のどこかに秘めているのだろうか。

「何かな？」

「内山君と一緒に東西銀行新宿支店の須貝とかいう支店長を拉致した仲間の二人は、どこの誰なんです？」

「どちらも、まだ身許は割れてないんだ。片方が内山と同じ二十代の半ばで、もうひとりは五十二、三の男だってことは銀行の防犯カメラの映像ではっきりしてるんだが」

「そうなんですか。おそらく内山君はその二人に唆《そそのか》されて、犯行に加わったんでしょう。彼はカーッとなりやすい性格ですが、頭は悪くありません。物事の善悪がわからない男じゃありませんので」

「内山はパソコンを上手に操作できるの？」

「ええ。インターネットには興味があるようで、夕食後はいつもネット仲間とゲームを愉《たの》しんでました」

「ふうん。ちょっと内山の部屋を見せてもらえないかな」

百面鬼は打診《だしん》してみた。平井が快諾《かいだく》し、案内に立つ。

二人は事務所を出て、数十メートル離れた社員寮に足を向けた。さきほど木刀を振り回した若者の姿は目に留《と》まらなかった。

社員寮には十三人の独身者が住んでいるという。未成年の工員は二人で一室を利用しているらしいが、成人はおのおの個室で寝起きしているという話だ。

内山の部屋は二階にあった。六畳ほどの広さで、パイプ製のシングルベッドが壁側に据《す》え置かれている。窓側にデスクトップ型のパーソナルコンピューターがあった。ベッドと反対側の壁面には、テレビ、CDミニコンポ、ハンガースタンドが並んでいる。ハンガースタンドには、夏物と冬物の衣類が混然と吊《つ》るしてあった。

百面鬼はパソコンデスクに歩み寄った。

ハードディスクもUSBメモリーも見当たらない。犯行後、警察が家宅捜索することを予《あらかじ》め考え、内山自身がどこかに隠したのだろうか。

テレビ台の下の棚《たな》に、郵便物の束が無造作に突っ込まれていた。それを摑み出したとき、平井が言いにくそうに切り出した。

「刑事さん、私信をチェックするのはいかがなものでしょう？　捜索令状をお持ちになっているわけではありませんよね」

「そう堅く考えないでほしいな。その気になれば、家宅捜索令状は取れるんだ。しかし、令状が下《お》りるまで少し時間がかかる」

「ですね」

「一刻も早く人質と犯人グループのいる場所を突きとめないと、取り返しのつかないことになるかもしれないんだ」

「内山君たち三人が人質の須貝支店長を殺害するかもしれないとおっしゃりたいんでしょう？」

「まあね。そんなことになったら、おたくは四角四面なことを言ったと後で悔《く》やむことになるんじゃないの？」

「そうかもしれませんが……」

「おたく、ちょっとの間、後ろを向いててよ。そうすりゃ、おれが何をしててもわからないわけだ」

「刑事さん、わたしは保護司をやらせてもらってるんですよ。そういう人間が法律を無視するのは、まずいでしょ？」

「堅物《かたぶつ》め！」

百面鬼は舌打ちして、ショルダーホルスターから自動拳銃を引き抜いた。

「刑事さん、悪ふざけが過ぎますよ。早くピストルを仕舞《しま》ってください」

「おたくがシグ・ザウエルを奪おうとしたんで、やむなく発砲した。そういうことなら、おれはなんのお咎《とが》めも受けずに済む」

「ま、まさか本気で、このわたしを撃つ気じゃないでしょうね」

平井が震え声で言い、半歩後退した。

「おたくがおれの捜査を妨害《ぼうがい》する気なら、正当防衛ってことで撃つ」

「刑事さん、冷静になってください。とにかく、ひとまず落ち着いてくれませんか」

「おれは冷静だよ。だから、正当防衛を装って、おたくをシュートすることを思いついたのさ」

「わ、わかりました。わたし、後ろ向きになります」

平井が体を反転させた。

百面鬼は口の端を歪《ゆが》め、自動拳銃をホルスターに戻した。屈《かが》み込んで、テレビ台の下の棚から封書の束を取り出す。

百面鬼は輪ゴムを外し、郵便物に素早く目を通した。内山は学生時代から千葉県勝浦《かつうら》市のペンションに何度も宿泊しているらしく、オーナーからの便りが五通も届いていた。

最後の便りは、ちょうど一カ月前に投函《とうかん》されたものだった。ペンションのオーナーは客足が遠のいたので、九月の一週目が終わったら、廃業に踏み切ると記している。

内山たちは、この廃業ペンションに須貝支店長を監禁しているのかもしれない。

百面鬼はペンション・オーナーの葉書を上着のポケットに突っ込み、残りの郵便物を元の場所に戻した。

「刑事さん、何か手がかりを得られました？」

「いや、無駄骨を折っただけだ。もうこっちを向いてもいいよ」

「は、はい」

平井が向き直った。百面鬼は平井に詫《わ》びて、先に内山の部屋を出た。

階段を下りはじめたとき、木刀を振り回した若者がステップを上がってきた。若い男は百面鬼に気づくと、あたふたと階段を駆け降り、社員寮を飛び出していった。

百面鬼はゆっくりと階段を降り、『平井紙業』を出た。

路上に駐《と》めた覆面パトカーに向かって歩きだしたとき、物陰から旧知の新聞記者がぬっと現われた。毎朝日報《まいちょうにっぽう》の唐津《からつ》誠《まこと》だ。

四十七歳の唐津は、かつて社会部の花形記者だった。しかし、離婚を機に人生観が変わったらしく、自《みずか》ら遊軍記者を志願した。変わり者だが、好人物だ。

唐津は外見を飾ることには、まるで無頓着《むとんじやく》だった。

髪の毛はいつもぼさぼさで、無精髭《ぶしようひげ》を生やしたままでどこにでも出かける。服装にも無関心だった。たいてい膝の出た折り目のないスラックスを穿《は》いている。

しかし、記者魂《だましい》は失っていない。スクープした特種《とくだね》は優《ゆう》に百を超えているだろう。正義感は人の何倍も強い。

といっても、いわゆる優等生タイプではなかった。人情の機微《きび》を弁《わきま》え、弱者や貧者に注ぐ眼差《まなざ》しは常に温《あたた》かい。だが、スタンドプレイめいたことはしなかった。いつでも他者をさりげなく思い遣《や》る。

唐津は権力や権威を振り翳《かざ》す尊大な人間を心底、嫌っていた。軽蔑《けいべつ》もしているのだろう。唐津は百面鬼が見城とつるんで悪人狩りをするついでに多額の口止め料を脅し取っている事実を感じ取っているはずだが、それについて非難めいたことは一度も言ったことがない。心のどこかでは共鳴しているのではないか。

「悪徳警官も、たまには職務をこなさないとな。何もしないで遊んでるだけだったら、それこそ税金泥棒だからね」

「何もそこまで言うことねえと思うがな」

「少しは耳が痛かったようだな。ところで、きのうの東西銀行新宿支店長拉致事件の聞き込みなんだろう?」

「うん、まあ」

百面鬼は曖昧《あいまい》に答えた。

「やっぱり、そうだったか。実は、おれも同じ事件《ヤマ》を追っかけはじめてるんだよ。犯人グループのひとりの内山の潜伏先を教えてくれたら、オールドパーを死ぬほど飲ませてやる」

「内山の居所はわからねえんだ。唐津の旦那も知ってるように、おれは本気で職務にタッチしてるわけじゃないからね」

「長いつき合いなんだから、そんなふうに予防線張るなよ」

「内山たちと人質のいる場所を知ってたら、旦那にはちゃんと教えるって。別におれ、点数稼ぐ気はないんだ。それより、過去四件の類似した事件と前日の犯行に関連性はあるの？」

「刑事が新聞記者《ブンヤ》に探《さぐ》りを入れて、どうするんだよ？　話がまるで逆じゃないか」

「旦那はスクープ王だから、警察よりもたくさん情報《ネタ》を持ってると睨《にら》んだんだ」

「そんなふうに持ち上げても、提供できる情報なんかないよ」

唐津が言った。

「旦那も役者だな」

「それは、こっちの台詞《せりふ》だろうがっ。ところで、見城君はどうしてる？　もう一カ月以上も会ってないんだ。七海とかいう新しい彼女とは、その後、どうなんだい？」

「七海ちゃんとはうまくいってるようだよ。旦那も、そろそろ再婚したら？」

「もう結婚はしたくないよ。妻と真剣に向き合ったら、疲れるからな」

「インテリ女性と一緒になったりしたから、家庭が安らぎの場にならなかったんじゃないの？　今度は料理とセックスが上手な女を選ぶんだね」

「独身が気楽でいいよ。そっちだって、そう思ってるから、再婚しないんじゃないのか」

「まあね。そのうち飲もうよ、旦那の奢《おご》りでね。それじゃ、また！」

百面鬼は歩きだした。唐津に尾行されなかったら、勝浦に行ってみようと考えていた。

第二章　篤志家《とくしか》の素顔

1

丘を登り切った。

国道一二八号線の山側だ。国道の下には、サーフィンに適した豊浜《とよはま》海水浴場がある。勝浦市の外れだ。数キロ東は御宿《おんじゅく》町だった。

百面鬼は覆面パトカーのハンドルを左に切った。特別仕様のクラウンだ。

闇は濃い。午後十時半を回っている。

あたりに民家は一軒もない。数百メートル先に、ペンションらしい建物があるだけだ。

外壁は白っぽい。二階建てだった。窓は明るかった。

ペンションは、まだ営業しているのか。それとも、内山たちが廃業したペンションに無断で入り込んでいるのだろうか。

どちらかわからないが、とにかく行ってみることにした。

百面鬼はクラウンを低速で走らせ、目的の建物のかなり手前で停めた。

雑木林《ぞうきばやし》の横だった。手早くヘッドライトを消し、エンジンを切る。百面鬼は携帯電話をマナーモードに切り替えてから、静かに車を降りた。

潮の香を含んだ夜風が雑木林の樹々の葉を鳴らしている。葉擦《はず》れの音はどこか潮騒《しおさい》に似ていた。

百面鬼は、ペンションと思われる建物まで大股で歩いた。

ペンション名の記された看板には、不動産屋の貼り紙が重ねられている。やはり、ペンションは廃業して、居抜《いぬ》きで売りに出されているようだ。

百面鬼は車寄せを見た。

灰色のエルグランドが駐《と》めてあった。ナンバープレートは外されている。

わざわざナンバープレートを外してあるのは怪しい。かつてペンションだった建物の中には、内山たち三人の誘拐犯と人質がいるのだろうか。

百面鬼は建物の脇から敷地に入り込み、中腰でサンデッキに忍び寄った。

サンデッキに面した食堂と思われる部屋のサッシ戸は厚手のドレープのカーテンで塞《ふさ》

がれていたが、照明が灯《とも》っている。百面鬼は短いステップを駆け上がり、サッシ戸に近づいた。耳に神経を集める。

「もう一度、頭取に電話をしてみてくれないか」

中年男が誰かに訴えた。ややあって、若い男の声が流れてきた。

「もう諦《あきら》めろよ。あんたは東西銀行に見捨てられたんだ。頭取は二十億円はおろか、二億の身代金も払う気はないとはっきりと言った」

「頭取は駆け引きをしてるんだよ。新宿支店を預かってるわたしは、誇れる数字をずっと上げてきた。自分で言うのもなんだが、わたしは有能な行員だと思うよ。そんなわたしを見殺しにしたら、東西銀行の損失になるだろう」

「須貝支店長、思い上がるのもいい加減にしろ。頭取は、あんたのスペアなんかいくらでもいると判断したんだろう。だから、おれたちの要求を突っ撥《ぱ》ねた。大物ぶったら、噴飯《ふんぱん》ものだぜ」

「頭取と直《じか》に話をさせてくれないか。そうすれば、きっと頭取は身代金を全額出す気になるにちがいない。東西銀行は他行と較《くら》べて、不良債権額が最も少ないんだ。公的資金も注入されたから、二十億ぐらいは楽に捻《ひね》り出せるだろう。頼むから、頭取と電話で話すことを認めてくれ」

「くどいぞ、あんた」

「きみは内山君だったね？」

須貝が確かめた。

「おれの名前を気安く呼ぶなっ」

「頭取に電話させてくれたら、きみにわたしが個人的に百万円払ってもいいよ。いや、ほかの二人にも百万円ずつ渡そう」

「銀行員は、なんでも金でカタがつくと思ってやがる。おれは、あんたみたいな人間が大嫌いなんだ。こんなに景気が長く低迷してるのは、政治家、官僚、銀行が無責任に国民を踊らせたからだっ。なのに、あんたたちはちっとも反省してない。銀行員は自分たちの行内預金には一般客の利息の数十倍も付けてるんだってな。国民の税金でカバーしてもらいながら、自分たちは高い給料を貰《もら》ってる。退職金だって、一般企業の三倍も四倍も多いんじゃないか」

「内山君、話をすり替えないでくれ」

「黙って聞け！　あんたたち銀行員は罪深いことをしたんだぞ。好景気のころ、土地の資産価値は絶対に下がらないという神話で顧客を釣って、どんどん金を貸し込んだ。めちゃくちゃ高い金利を取ってな。それで不況になったとたん、強引な債権回収に乗り出して融資を渋るようになった。悪質な貸し剝《は》がしも多い」

「やむを得なかったんだよ。のんびり構えてたら、メガバンクでさえ生き残れないからな」

「それでも銀行は国に救済してもらえるじゃないか。金融恐慌《きょうこう》を招くのはまずいという名目で、血税をたっぷりと回してもらった。しかし、一般の会社、ことに中小企業は銀行の貸し渋りに遭ったら、たちまち倒産だ。大勢の失業者がいるのは、銀行が無能な政治家や官僚どもとグルになって汚い商売をしてきたからだ」

「市場経済の世の中なんだから、国民のみんながハッピーになるなんてことはあり得ない。多少は負け組が出ても仕方ないんじゃないのか」

「エゴイストが自己弁護かよっ。ふざけんな！」

内山が怒声を放ち、須貝を椅子ごと倒す気配が伝わってきた。

須貝が長く唸《うな》った。どうやら彼は、麻縄か何かで椅子に括《くく》りつけられているようだ。

「おまえは人間としては三流だな。他人の憂《うれ》いや悲しみに鈍感《どんかん》な奴は、三流人間なんだよ。たとえ支店長のポストに就いて、年収二千万近く稼いでてもな」

「きみたち三人は、金融機関に何か恨みがあるようだね。おそらく融資を打ち切られてしまったんだろう。わたしを解放してくれたら、きみらに支店長の権限で一千万、いや、二千万円ずつ低金利で特別融資するよ」

「おまえは、もう家族の顔を見ることはできない」

「わ、わたしを殺す気なのか!?」

「価値のなくなった人質は、ごみと同じだ」

「短気を起こさないでくれ。お願いだから、もう一度だけ頭取と交渉してみてくれないか。頭取は、五億や十億の身代金は出す気になるだろう」

「うるせえ!」

内山が吼《ほ》え、須貝を蹴りまくりはじめた。蹴られるたびに、須貝は動物じみた唸り声を洩《も》らした。

踏み込むか。百面鬼はシグ・ザウエルP230Jの銃把《じゅうは》に手を掛けた。

そのとき、須貝の苦しげな呻き声が聞こえた。ほどなく急に声が熄《や》んだ。須貝は絞殺《こうさつ》されたのかもしれない。内山が人質を窒息死させたのか。それとも、仲間の二人のどちらかの仕業《しわざ》なのだろうか。

百面鬼はサッシ戸に手を伸ばした。

ロックされている。百面鬼は一メートルあまり退《さ》がって、銃把でガラスを叩《たた》き割った。

派手な音が拡《ひろ》がった。

百面鬼は割れた箇所に左手を突っ込み、手早く内錠を外した。サッシ戸を横に払ったとき、室内で短機関銃《サブマシンガン》の連射音が轟《とどろ》いた。

とっさに百面鬼はサンデッキに身を伏せた。銃弾は厚手のドレープカーテンを突き破って、サンデッキの手摺《てすり》に五、六発めり込んだ。

ウージーを構えているのは、どんぐり眼《まなこ》の内山だった。

百面鬼はすぐ撃ち返した。狙ったのは内山の右脚だった。だが、わずかに的《まと》を外してしまった。

「ぶっ殺してやる」

内山がセレクターを全自動《フルオート》に入れた。

ウージーが低周波に似た唸りをあげながら、銃口炎《マズル・フラッシュ》を瞬《またた》かせた。

背の高い若い男が内山の真横でウージーを構えた。彼の足許には、椅子に針金で縛りつけられた四十六、七歳の男が転がっていた。きのう、拉致《らち》された東西銀行新宿支店の須貝支店長だ。

須貝は虚空《こくう》を睨《にら》んだまま、石のように動かない。舌の先を覗《のぞ》かせている。もう生きてはいないだろう。

五十二、三歳の男は、食堂の端に寄せられた食卓や椅子のそばに突っ立っていた。まだ事態が吞み込めない様子だ。

内山と長身の男が前進しながら、相前後して掃射しはじめた。

ひとまず退散したほうがよさそうだ。百面鬼はデッキの上を亀のように這《は》い、数段の階《きざはし》を下《くだ》った。姿勢を低くして、雑木林の中に走り入る。

林の中は暗かった。

百面鬼は樫《かし》の巨木の陰に身を潜《ひそ》めた。その直後、サンデッキに内山と上背のある男が飛び出してきた。

「折戸《おりと》、おまえは建物の周りを検《しら》べてくれ」

内山が背の高い男に言い置き、先に短い階段を一気に駆け降りた。

折戸と呼ばれた男は、手摺《てすり》越しに暗い内庭を透《す》かし見ている。内山は、こちらに来そうだ。

百面鬼は左手で拳銃を握った。

少し経つと、内山が雑木林の中に足を踏み入れた。歩きながら、ウージーに新しい弾《マガ》倉《ジン》を叩き込んだ。大きさから察して、三十二発入りのマガジンだろう。

百面鬼はそっと屈《かが》み込み、左手で足許から小石を拾い上げた。それをできるだけ遠くに投げ放った。

石塊《いしくれ》は二十数メートル先の灌木《かんぼく》に当たった。内山が音のした方に体を向け、イスラエル製のサブマシンガンを唸らせた。繁みが四、五回鳴り、小枝が弾け飛ぶ。内山は着弾地点まで駆けて、気忙《きぜわ》しく周囲を見回した。

百面鬼は静かに立ち上がり、ハンドガンを前に突き出した。

内山は二十五、六メートル先にいる。ぎりぎりだが、まだ射程距離だ。百面鬼は、内山の右肩に狙いを定めた。引き金の遊びを絞り込んだとき、標的がひょいと動いた。巨木の向こうに、内山の体がすっぽりと入ってしまった。

百面鬼は横に移動した。

七、八メートル動くと、内山がふたたび視界に入った。だが、その間に喬木《きょうぼく》が二本も植わっていた。どちらも枝を大きく拡げている。常緑樹で、葉がたくさん繁っていた。この位置から撃っても、内山の肩に銃弾は届かないだろう。

さらに百面鬼は、大きく回り込んだ。

そのとき、サンデッキで空気の洩《も》れるような音がした。次の瞬間、内庭が明るんだ。デッキには小型ランチャーを肩に担《かつ》いだ五十年配の男が立っていた。照明弾を放ったようだ。雑木林全体が照らされた。内山が左右を見回した。じきに光は消えた。

「水原《みずはら》さん、もう一発、照明弾を頼みます」

内山が圧《お》し殺した声で、サンデッキにいる男に言った。

水原と呼びかけられた五十男は、手早く照明弾を小型ランチャーに装塡《そうてん》した。ほどなく闇が明るくなった。百面鬼は、しゃがみ込んだ。

ちょうどそのとき、折戸が雑木林に近づいてきた。

「建物の周辺には、怪しい人影はなかったよ」

「そうか。なら、この林のどこかに隠れてるんだろう。二人で徹底的に捜そう」

内山が折戸に言って、少しずつ百面鬼から遠のいた。もう射程内ではない。

折戸がウージーを腰撓《こしだ》めに構えながら、雑木林の中に入ってきた。百面鬼は折戸の太《ふと》腿《もも》を撃つ気になった。だが、遠過ぎた。

百面鬼は中腰で進み、折戸との距離を少しずつ縮めた。射程内まで迫ったとき、みたび照明弾が夜空を焦《こ》がした。

折戸が百面鬼に気づき、短機関銃の銃口を向けてきた。

百面鬼は先に撃った。重い銃声が静寂を劈《つんざ》く。

折戸が短い悲鳴をあげ、尻餅をついた。命中したのか。百面鬼は折戸に走り寄って、武器を奪う気になった。

駆けようとしたとき、折戸が不意に立ち上がった。

ほとんど同時に、彼はファニングしはじめた。どうやら被弾したわけではなさそうだ。銃弾の衝撃波が耳や肩口の近くを掠《かす》めた。反撃する余裕はなかった。百面鬼は近くの大木の幹《みき》の向こう側に回り込んだ。

「おーい、いたぞ。こっちだ、こっちだ！」

折戸が大声で内山を呼び、九ミリ弾を掃射してきた。

百面鬼の近くで次々に着弾音が響き、樹皮の欠片《かけら》や土塊《つちくれ》が舞った。それから間もなく、内山が駆け戻ってきた。

内山と折戸は交互にウージーを唸らせた。

じっとしていたら、そのうち被弾してしまうだろう。百面鬼は下生えや羊歯《しだ》の上を這《は》いながら、敵の二人から懸命に逃げはじめた。われながら、不様《ぶざま》な恰好《かっこう》だった。

しかし、こんな場所でむざむざと殺されたくない。久乃や美寿々と喪服プレイをもっと愉しみ、悪人どもの隠し金も脅し取りたかった。

百面鬼は三、四十メートル這い進んでから、身を起こした。

樹間を縫《ぬ》うように走り、雑木林の端まで足を止めなかった。そこから今度は横に駆け、雑木林の前の道に出た。覆面パトカーの運転席に入り、じっと息を殺す。

内山と折戸が林の中から走り出てきたら、この車を無灯火のまま急発進させて、二人を撥《は》ねる気になった。

百面鬼はイグニッションキーを抓《つま》んで、成り行きを見守った。

五分が経過し、十分が流れた。しかし、雑木林からは誰も現われなかった。

内山たち二人は、廃業したペンションの中に戻ったのかもしれない。百面鬼は覆面パトカーを降りる気になった。

そのとき、前方で車の走行音がした。

内山たち三人が元ペンションに須貝の死体を置き去りにして、逃走するつもりなのではないか。百面鬼はクラウンのエンジンを始動させた。

ヘッドライトは点けなかった。百面鬼は、無灯火で覆面パトカーをゆっくりと走らせはじめた。少し経つと、かつてペンションだった建物の前に差しかかった。

車寄せのエルグランドは見当たらない。やはり、内山たちは車で逃げたようだ。

百面鬼はフォグランプだけを灯《とも》し、徐々に加速した。数分進むと、前方にエルグランドの尾灯《テールランプ》が見えてきた。

百面鬼は警戒しながら、前方を走る車を追った。

やがて、エルグランドは市道に出た。向かったのは御宿町方面だった。といっても、市街地方向ではない。山側に走っている。どこか近くに別のアジトがあるのだろうか。

百面鬼は細心の注意を払いながら、エルグランドを追尾《ついび》しはじめた。

エルグランドは市道から林道をたどって、山の中腹で停まった。百面鬼は覆面パトカーを切り通しの断面に寄せ、すぐにフォグランプを消した。エンジンを停止させ、そっと車を降りる。

百面鬼は五十メートルほど先に駐《と》めてあるエルグランドに接近した。

車内には誰も乗っていない。エルグランドの少し先に、杣道《そまみち》のような細い山道があった。

百面鬼は、その小径《こみち》に入った。

少し先に、三つの人影が見えた。内山と折戸は、毛布にくるまれた物体を重そうに両手で抱えていた。水原という五十絡《がら》みの男はポリタンクを提《さ》げている。

須貝の死体をどこかで焼く気なのだろう。百面鬼は、そう直感した。

内山たちは山道の奥まで歩くと、相前後して立ち止まった。内山と折戸が抱えていた物体を山道の際《きわ》の草の中に置いた。水原がポリタンクのキャップを外し、何か液体を毛布に包まれた物体に振りかけた。

ガソリンか、灯油だろう。折戸が煙草に火を点け、それを物体の真上に落とす。

次の瞬間、着火音が鈍く響いた。炎が膨《ふく》らみ、毛布にくるまれた物は燃えはじめた。

少し経《た》つと、男の遺体の一部が露《あらわ》になった。

「てめえら、動くな！」

百面鬼は言いながら、自動拳銃を両手で保持した。

内山と折戸が顔を見合わせ、目でうなずき合った。水原がポリタンクを道端に投げ捨て、内山たち二人の背後に隠れた。

「東西銀行新宿支店長の須貝の死体を焼いてやがるんだなっ。三人とも両手を頭の上で重ねて、ゆっくりと両膝を地べたにつけろ」

百面鬼は命じて、内山たちに近づいた。

すると、内山が果実のような塊《かたまり》を投げつけてきた。それは手榴弾《しゅりゅうだん》だった。百面鬼は山道の際の繁みに逃げ込んだ。すぐ近くで炸裂音《さくれつおん》が轟《とどろ》いた。オレンジ色がかった赤い閃光《せんこう》が拡散《かくさん》し、凄《すさ》まじい爆風が襲いかかってきた。

百面鬼は顔を伏せた。幸運にも無傷だった。

シグ・ザウエルP230Jを握り直したとき、今度は折戸が手榴弾を放った。それは、百面鬼のすぐ目の前に落ちた。一瞬、身が竦《すく》んだ。

百面鬼は山道に頭から転がった。

弾みで、ハンマーに触れてしまった。銃声に手榴弾の爆《は》ぜる音が重なった。爆風をまともに受け、百面鬼は丸太のようにぶっ倒れた。

しかし、運よく火傷《やけど》は負わなかった。手榴弾の破片も突き刺さっていない。

百面鬼は起き上がった。

内山たち三人の姿は掻き消えていた。須貝の死体は油煙を立ち昇らせながら、烈《はげ》しく燃え盛っていた。

どこに逃げたのか。

百面鬼は山道を駆け上がりはじめた。付近一帯を走り回ってみたが、三人組はどこにもいなかった。百面鬼は徒労感を抱えながら、山道を下りはじめた。

2

葉煙草《シガリロ》の火を揉み消した。

ちょうどそのとき、待ち人が現われた。百面鬼は、本庁公安部公安第三課の郷卓司《ごうたくじ》に手を挙げた。警察学校で同期だった刑事で、年齢も同じだ。

日比谷公園内にあるレストランの一階だった。そこは、ティールームにもなっていた。

勝浦に出かけた翌日の午後四時過ぎだ。百面鬼は正午前に郷に電話をかけ、過去四件のメガバンク支店長拉致事件の捜査状況と内山の二人の仲間のことを調べてくれるよう頼んであった。

「六分遅刻しちゃったな。勘弁してくれ」

郷がそう言い、テーブルについた。

すぐにウェイターが水を運んできた。郷は一応メニューに目をやったが、レモンティーを注文した。コーヒーはあまり好きではないようだ。

郷は中肉中背で、一見、教師風である。だが、何かの弾みで眼光が鋭くなる。やはり、刑事だ。

「まず内山繁の共犯者《レツ》のことから話すよ。上背のある折戸の下の名は健次《けんじ》で、二十五歳だ。三年前にゲームソフト会社を辞めてからは、フリーターをやってたようだな」

「出身地は？」

「横須賀だ。専門学校を出るまでは、親許で暮らしてたらしい」

「そうか。ゲームソフト会社を退職した理由は？」

百面鬼は畳みかけた。

「職場での人間関係がうまくいってなかったようだな。退職後はピザの配達をしたり、ポスティングのアルバイトをしてたらしい」

「犯歴は？」

「傷害で検挙されてる。折戸健次は一年十カ月前に電車内で暴力事件を起こしたんだ。中年の洋菓子職人が濡れた傘を折戸の脚に押し当てたことに腹を立て、いきなり相手の顔面を殴りつけたんだよ。さらに折戸は相手が持ってた雨傘を奪い取って、先端部分で脇腹を突き刺したらしい」

「で、逮捕《パク》られたわけか。どのくらい服役してたんだ？」

「一年二カ月で仮出所になってる」

「折戸が『平井紙業』で働いてたことは？」

「それはなかったよ。それから、平井社長とも面識はないはずだ」

「そうか。てっきり内山と折戸は『平井紙業』で知り合いになったと思ってたんだがな。二人はネットか何かで知り合ったんだろうか」

「かもしれないな」

郷が口を閉じた。ウェイターが飲みものを運んできたからだ。ウェイターはすぐ下がった。百面鬼は先に沈黙を破った。

「郷、折戸の現住所は？」

「北区東十条にあるアパートを借りてるんだが、四カ月分の家賃を溜《た》めてるんで、ずっと塒《ねぐら》には戻ってないようだ」

「そうか。横須賀の実家には、たまに帰ってるのかな？」

「仮出所した日に一泊しただけで、その後はまったく親の家には寄りついてない」

「そう。次は、水原のことを教えてくれ」

「ああ、わかった。水原のフルネームは水原敏男《としお》だ。えーと、確か五十三歳だったな。水原は準大手のアパレルメーカーの販売促進部の次長をやってたんだが、肩叩きにあって、人事部長をオフィスの階段から突き落としたんだよ。その前に二、三発、人事部長の顔面にパンチを浴びせてる」

「人事部長は、どの程度の怪我《けが》をしたんだ？」

「腰の骨を傷《いた》めたとかで、全治二カ月の重傷だったそうだ。で、水原は一年四カ月の実刑を喰らったんだよ」

郷がそう言い、音をたてて紅茶を啜《すす》った。

「水原は当然、妻帯者なんだろう？」

「妻も子もいたんだが、事件を起こす前に熟年離婚したんだ」

「水原には愛人《レコ》がいたのか？」

「いや、女絡みの離婚じゃないんだ。水原はもともと酒癖が悪くて、以前から飲み屋でよく喧嘩《けんか》をしてたらしいんだよ。地下鉄の駅員の態度が横柄《おうへい》だと怒り出して、相手の急所を蹴ったこともあったそうだ。その騒ぎは警察沙汰《ざた》にはならなかったんだが、妻は旦那の子供っぽさに呆《あき》れ果てたみたいだな。で、別れる気になったんだろう」

「男ってのは、いくつになってもガキだからな。女たちのように上手に世間と折り合いがつけられない。そういうとこが男のかわいさなんだが、それを認める女は少ないんじゃねえか？」

百面鬼は葉煙草《シガリロ》に火を点けた。

「そうだろうな。一般論だが、女は順応性《じゅんのうせい》が高い」

「女たちは強《したた》かなリアリストだね。感傷やリリシズムに流されちまうのは、たいてい野郎だよ。男たちは虚勢を張りながら生きてるが、案外、脆《もろ》いんだ」

「確かに、そういう面はあるよな。しかし、百面鬼は脆くない。警察官僚たちの泣き所を押さえて揺さぶってるし、裏社会の連中からも金品を脅し取ってる。おまけに、女たちも提供させてるんだろう。おまえの神経は鋼鉄以上だよ」

「郷、おれを強請《ゆす》ってるのか!?」

「勘違いするなって。いつかも言ったが、百面鬼の型破りな生き方が羨《うらや》ましいんだよ。おれも、おまえのように開き直りたいと思ってるんだが……」

「開き直りゃいいだろうが」

「おれには無理だよ。出世なんかどうでもいいと思ってるけど、とことん開き直ることはできない。だから、こうして捜査情報をせっせと集めて、小遣いを稼がせてもらってるんだ。今後も、よろしくな！」

郷が卑屈《ひくつ》な笑みを浮かべ、またレモンティーを飲んだ。スライスされたレモンは、紅茶に浮かんだままだった。

「なんか話が脱線しちまったな。話を元に戻すぜ。水原敏男と内山の接点は？　刑務所《ムシヨ》の雑居房で一緒だったのか？」

「いや、服役した刑務所は別々なんだ。ただ、水原も内山と同じく保護司の平井弓彦の世話になってる」

「水原も、『平井紙業』で働いてたのか？」

「そうじゃないんだ。水原は平井の紹介で、亀有《かめあり》にあるプレス工場に就職したんだよ。工場で借り上げたワンルームマンションに住んでたんだが、もう二カ月以上も前から、そこには住んでない。体調がすぐれないと言って、プレス工場を辞めちゃったんだ。その後のことはわからない」

「そうか。体調がすぐれないという話は嘘だろう。水原は若い内山や折戸と組んで、東西銀行の新宿支店に押し入って、支店長を拉致したんだから」

「そうだな。内山、折戸、水原の三人は東西銀行から二十億円の身代金を脅し取ろうとした。しかし、頭取は金を出し渋った。だから、連中は勝浦の元ペンションで監禁中だった須貝支店長を殺《や》ってしまった。おおかた、そういうことなんだろう」

「郷、千葉県警の動きは？」

「今朝、地元署に捜査本部を設けたそうだ。事件現場の遺留品から、内山たち三人が犯行《ヤマ》を踏んだことは明らかなんだが、奴らの行方《ゆくえ》はわからないんだ」

「テレビニュースによると、現場に連中が使ってたエルグランドが置き去りにされてたらしいが、短機関銃《サブマシンガン》はなかったようだな。奴ら、いったん山の奥に逃げたんだが、おれがいなくなってから、車の中の銃器を取りに戻ったんだろう。くそっ！　もう少し待つべきだったな」

「待たなくてよかったんだよ。下手《へた》したら、おまえは三発目の手榴弾で爆殺させられてたかもしれないからな」

「そんな失敗《ドジ》は踏まねえよ。それはそうと、過去四件の支店長拉致事件のことを話してくれ」

百面鬼は葉煙草《シガリロ》の火を消しながら、小声で促した。

「最初に支店長が拉致されたのは、さつき銀行だった。フェイスマスクで顔面を隠した三人組が予《あらかじ》め防犯カメラを作動不良にしてから、神田支店に押し入ったんだ。犯人どもは短く切り詰めた散弾銃《ショットガン》と自動拳銃を持ってたが、一発も撃っていない。三人のうちのひとりが支店長室に押し入って、スマートに連れ去ったんだよ」

「その支店長は翌々日の午後、江戸川の河川敷《かせんしき》で撲殺体《ぼくさつたい》で発見されたんじゃなかったっけ？」

「ああ、その通りだよ。支店長はゴルフクラブで頭部を何十回もぶっ叩かれてた」

「郷、犯人グループは銀行に身代金を要求してたんだろ？」

「そうなんだ。警察は支店長の死体が発見されるまで、その事実をマスコミには伏せてたがな。犯人側が要求した身代金はなんと百億円だった。巨額なんで、さつき銀行は時間稼ぎをしながら、警察に協力を仰《あお》いだんだ。犯人側はそれを察知《さっち》し、結局、支店長を惨殺してしまったんだよ」

「そうか」

「二番目に狙われたのはＪＫＳ銀行だよ。犯人グループは同一と思われる三人組で、身代金も同額だった。ＪＫＳ銀行も警察に電話を逆探知させたんで、連れ去られた支店長は二日後に針金で全身を縛《しば》られて、丹沢湖《たんざわこ》に投げ落とされたんだ」

「溺死《できし》だったのか。三番目の被害者は、東京丸越《まるえつ》銀行渋谷支店の支店長だったよな？」

「そう。身代金の要求額は八十億円に下げられた。銀行側は犯人グループの指定した場所に一応、現金を運んだんだ。ただし、札束を積んだ車に乗り込んでたのは全員、銀行員になりすました刑事だった。犯人の三人は銃撃戦を繰《く》り広げた末、まんまと逃走した。明らかに警察の失態だね」

「その事件《ヤマ》のことは派手に報道されたんで、おれも憶《おぼ》えてるよ。捜査員が二人、撃たれて重傷を負ったんだったよな？」

「そう。犯人グループのひとりは射撃の名手なんだろう。そんなことで、元警官や元自衛官が捜査の対象になったんだ。しかし、犯人の絞り込みはできなかった。なにしろ現場で採取された空薬莢《からやっきょう》には、犯人の指紋も掌紋《しょうもん》も付着してなかったから、無理もないんだがね」

郷が言って、コップの水で喉《のど》を潤《うるお》した。

「四番目に狙われたのは、かえで銀行の池袋支店だったよな？」

「そう。犯人グループは身代金を五十億円に引き下げたんだが、銀行側は回答を引き延ばす作戦に出た。それで犯人側は怒って、拉致した支店長を刺殺してしまったんだ。十数カ所も刺されてた」

「そうか。四件は同一グループの犯行と思われるが、内山たち三人組じゃなさそうだな。過去四件の犯人たちはフェイスマスクを被ってたし、犯行の手口が鮮やかだ。遺留品《リユウ》も少ないし、犯行現場で銃を乱射させてもいねえ」

「そうだな。それに較《くら》べて、東西銀行新宿支店に押し入った三人組は荒っぽいことをやってるし、冷静さもない」

「内山たちは過去四件の犯行《ヤマ》を真似て、東西銀行から二十億の身代金をせしめるつもりだったんじゃねえのかな」

百面鬼は自分の推測を語った。

「そう考えてもよさそうだね。内山たち三人は犯行時、目の焦点が合ってないような感じだと言ってたよな？」

「そうなんだよ。何かで他人に心を操作されてるような感じにも見えたな。ひょっとしたら、内山たち三人は誰かにマインドコントロールされて、支店長を拉致したのかもしれないな」

「そういうこともあり得るかもしれない。公安関係者なら、たいてい知ってることだが、アメリカのＣＩＡは何十年も前から密《ひそ》かにマインドコントロール剤の開発を重ねてるという噂《うわさ》があるんだ」

「マインドコントロール剤だって!?」

「そう。工作員たちも人の子だから、精神が不安定になることもある。そういう人間が外部の者に国家機密をうっかり洩らしたら、大変なことになるじゃないか。そこで、CIAは人心を自在に操《あやつ》れる方法をいろいろ考えてるらしいんだよ。精神攪《かく》乱《らん》剤を与えたり、人間を無力化させてるって話だ」

「人間をロボットのようにしてしまうわけか」

「詳しいことはわからないが、マインドコントロール剤を与えつづけると、命令に素直に服従させることもできるらしいんだ。超音波操作によって、アドレナリンの分泌《ぶんぴつ》の増減が可能だそうだよ」

「アドレナリンの分泌が多くなれば、人は誰も攻撃的になる。逆に分泌を極端に抑《おさ》えてしまえば、羊みてえにおとなしくなっちまう」

「毎秒千六百サイクル以上の耳には聞こえない超音波で暗示や指令を繰り返されてるうちに戦闘心が募《つの》ったり、服従効果が出てくるというんだ」

「アメリカは頭脳強化手段《ブレーン・エンハンサー》の研究が盛んみたいだから、その種のマインドコントロール剤の試薬はありそうだな」

「そうだね。薬のほかにも、バイオチップを脳に埋め込んで、記憶力や習得能力を強化する方法もあるそうだ。そんなふうにロボット化した奴に骨伝導《こつでんどう》マイクが仕込まれた耳栓か眼鏡を装着させれば、外部から殺人指令を下すことも理論上は可能だろう」

郷がそう言い、ふたたび水を飲んだ。

「内山、折戸、水原の三人はキレやすい性格で、三人とも傷害事件を起こしてる。そういう人間をマインドコントロール剤の類《たぐい》で、巧《たく》みに操ってる奴がいるんじゃねえかな。郷、どう思う？」

「そうなのかもしれないな。いや、きっとそうにちがいない」

「内山と水原という五十男は、保護司の平井弓彦と接点があるな。少し平井のことを洗ってみるか」

「百面鬼、おれが平井のことを調べてやってもいいぞ。もちろん、それなりの謝礼は払ってもらうけどな」

「せっかくだが、それは結構だ。おれ自身が動けるし、頼りになる相棒もいるからな」

「相棒って、見城とかいう元刑事の探偵のことだな？」

「そうだ」

「二人で組んで内山たちのバックにいる奴を闇の奥から引きずり出して、例によって、脅迫するつもりなんだろう？　そういうことなら、おれにも一枚嚙ませてくれよ。こっちの職場は桜田門なんだから、その気になれば、捜一《そういち》からサイバーテロ対策課まで顔を出せる。役に立つ情報を入手するよ」

「これまで通り、情報を買ってやらあ。けど、そっちを仲間に入れることはできねえな」

「なぜ？」

「おまえにゃ、妻子がいる。そういう男が開き直って、アウトローになることは難しいだろう。時々、内職《ないしょく》するだけにしておけよ。こいつは、きょうの礼だ」

百面鬼は懐から十枚の万札を取り出し、郷に手渡した。

「どうしても無理か？」

「無理だな」

「わかったよ。それじゃ、おれは情報屋に徹する」

郷が二つ折りにした札束を上着のポケットに突っ込み、すっくと立ち上がった。

見城に協力してもらう気になった。断られることはないだろう。

百面鬼は葉煙草《シガリロ》の箱に手を伸ばした。

3

二つのマグカップが卓上に置かれた。

『渋谷レジデンス』の八〇五号室の居間だ。事務フロアを兼ねていた。見城の自宅兼オフィスである。百面鬼は日比谷のレストランで郷と別れた後、ここにやってきたのだ。

「残念ながら、もうロマネ・コンティは一滴も残ってないんだ」

見城がそう言いながら、コーヒーテーブルの向こうの長椅子に腰かけた。相変わらず切れ長の目は涼しげだ。

「別にロマネ・コンティが飲みたくて、見城ちゃんとこに来たわけじゃねえ」

「どこかに丸々と太った獲物《えもの》がいるのかな？」

「太ってるかどうかわからねえけど、女殺し屋を始末したがってる奴がいるんだよ」

百面鬼はそう前置きして、相棒に経緯《いきさつ》を話した。

「どんぐり眼《まなこ》の内山って奴を背後で操ってる人物を見つけ出して、痛めつけたいってわけだ」

「その通りだよ。惚《ほ》れはじめてる美寿々を殺そうとしたんだから、黙っちゃいられないじゃねえか」

「そうだね」

「見城ちゃん、いま、忙しいのか？」

「表稼業の依頼をきのう片づけたんだ。プチ家出を繰り返してた小六の女の子が丸二カ月も家に戻らないっていうんで、親から捜索を頼まれたんだよ」

「それで、どうなったんだ？」

「家出少女はロリコンクラブをやってる元芸能プロ社長の自宅マンションにいたよ。その部屋には、小五から中二の女の子が九人もいたんだ」

「その女の子たちは、ロリコン趣味のある野郎たちの相手をさせられてたのか？」

「売春を強要された子は、ひとりもいなかった。全員、バイトと割り切って一回六万円で体を売ってたんだ」

「小五の子は、まだ下の毛が生え揃《そろ》ってなかったんじゃねえのか」

「かもしれないね。もっとも九人とも、元芸能プロ社長に恥毛をきれいさっぱりと剃《そ》られてたから、毛はかえって邪魔だったんだろう」

「変態野郎だな」

「九人は六万円のうち二万円を元芸能プロ社長に渡してたんだ。そいつが持ってた顧客名簿には二百数十人の会員の連絡先が記されてた。中高年の男が大半で、名の知れたファッションデザイナーや映画プロデューサーも会員になってたな。それから、七十四、五歳の元ロックシンガーもいたよ」

「そいつらは、みんな変態だ。小学生の女の子とナニするなんて、どう考えても正常じゃねえよ」

「百《どう》さんの言う通りだね。相手がいくら小遣いを欲しがってるからって、十一や十二の女の子をセックスパートナーにするなんてまともじゃない」

「ああ。元芸能プロ社長は九人の家出少女に売春をやらせてただけじゃなく、いかがわしい映像も撮ってたんじゃないのか？」

百面鬼は問いかけ、マグカップを口に運んだ。コーヒーはブルーマウンテンだった。

「そうなんだよ。家出少女の入浴シーンや排尿シーンを撮影して、ダビングしたＤＶＤをインターネットを使って五百枚も売ってたんだ」

「当然、元芸能プロ社長を懲《こ》らしめてやったんだろ？」

「もちろんさ。半殺しにして、大事なとこをターボライターで焼いてやったよ」

「銭《ぜに》は、どのくらい吐き出させたんだ？」

「せしめたのは、たったの三百万円だったよ。元芸能プロ社長はギャンブル好きで、危《ヤバ》い商売で荒稼ぎした銭の大半を競馬とオートレースに注《つ》ぎ込んでたんだ」

「三百万の端金《はしたがね》で引き下がる見城ちゃんじゃねえだろうがよ？」

「百《どう》さんに嘘は通用しないか。正直に話そう。元芸能プロ社長に顧客名簿を出させて、家出少女たちを抱いた連中から口止め料を脅し取ろうとしたんだよ」

「やっぱりな」

「ところが、別の奴に先を越されてしまったんだ」

見城がそう言い、マグカップを持ち上げた。

「誰がロリコン野郎たちから口止め料を寄せたんだ？　元芸能プロ社長がマッチ・ポンプをやったんじゃねえのか」

「おれも最初はそう思ったんで、元芸能プロ社長をもう一度痛めつけたんだよ。前蹴りで前歯を六本も飛ばしてやったんだが、知り合いを使って顧客たちに揺さぶりをかけた覚えはないと繰り返した。嘘をついてるようじゃなかったな」

「それじゃ、どこの誰が？」

「おれは、年端《としは》もいかない少女と遊んだおっさんたちの何人かに会いに行った。その結果、ホームレスっぽい初老の男が職場や自宅に訪ねてきて、ひとり二百万の口止め料を要求したことがわかったんだよ」

「ホームレスっぽい奴が集金に現われたって？」

「そうらしいんだ。二百万円を脅し取られた税理士は、ホームレスっぽい男の正体を突きとめようと考えて、尾行したというんだよ。脅迫者は文京区の千駄木《せんだぎ》にあるホームレス・シェルターに入っていったというんだ」

「ホームレス・シェルターって？」

「勉強不足だな、百《どう》さんは。以前から都や区がホームレスたちの一時収容所を運営してるんだが、そこには長く滞在することはできないんだよ。体力が回復したり、就職先がなかなか決まらない場合は追い出されてしまうんだ」

「行政のやることは、いつも血が通ってないからな。役に立たない人間は切り捨ててもいいと考えてるんじゃねえのか」

「そうなんだろうな。そんなことで、非営利団体が十数年前からボランティア精神でホームレス・シェルターを作りはじめたんだ」

「寄附金でホームレスたちが寝泊まりできる建物をこさえて、食事も提供し、自立の手助けをしてるんだな？」

　百面鬼は葉煙草《シガリロ》に火を点けた。

「そう。しかし、この不景気で非営利団体が運営してるホームレス・シェルターはどこも資金難で、閉鎖に追い込まれたケースもあるようだ」

「ボランティアたちの世話になりながら、恐喝《カツアゲ》やってるホームレスのおっさんもいるのか」

「ロリコン男たちから二百万ずつ集金した奴は、非営利団体のホームレス・シェルターの世話になってるんじゃないんだ」

「話がよく呑み込めねえな。見城ちゃん、民間のホームレス・シェルターがあるのか？」

「そうなんだ。非営利団体の運営と見せかけて、ホームレスたちを金儲《もう》けの材料にしてる民間会社があるんだよ」

「ちょっと待てや。文なしのホームレスたちは、金儲けの材料にはならないだろうが？」

「いや、それがビジネスになるんだよ。ホームレスたちも定まった塒《ねぐら》を持てば、生活保護を受けられる。支給額は十数万から二十数万なんだがね、民間のホームレス・シェルターは一室に三段ベッドを三つも入れて、収容者たちから三万程度の家賃を取ってるんだ。食費も光熱費も、しっかり生活保護費から差っ引いてる」

「要するに、有料のシェルターなんだ？」

「そう。民間シェルターはさまざまな名目で、収容者が受け取った生活保護費の八、九割を吐き出させてるんだよ」

「ひと部屋に九人も押し込めば、そこそこのビジネスになるってわけか」

「そういうことだね。民間のホームレス・シェルターに誘い込まれてるのは、五、六十代の連中なんだ。そういう連中の多くは持病があるんで、なかなか働き口が見つからない。つまり、ずっと先も生活保護費が貰《もら》えるだろうから、経営者側にとっては安定した客ってことになるわけだよ」

「悪知恵の回る奴がいるもんだな。民間のホームレス・シェルターはどのくらいあるんだい？」

「全国に三、四百カ所はあるようだな」

「そうか。千駄木にあるホームレス・シェルターの経営者は？」

「元刑務官の岩間《いわま》誠悟《せいご》という男で、四十二歳だよ。口止め料を集めて回ってたのは、井《い》手《で》章雄《あきお》って初老の奴だった」

「井手って男はただの使いっ走りで、ロリコン野郎たちを脅してたのは岩間なんだろう？」

「そうなんだよ。おれは井手を締め上げた。そうしたら、岩間に頼まれて集金に出かけたことを認めたよ」

「で、見城ちゃんは岩間がせしめた口止め料をそっくり横奪《よこど》りしたわけか」

「そうするつもりだったんだが、おれが揺さぶりをかける前に岩間って奴は変死してしまったんだ」

見城が言って、ロングピースをくわえた。

「変死したって？　ひょっとしたら、他殺の疑いもあるんじゃねえのか」

「おそらく岩間は、誰かに芝浦《しばうら》運河に突き落とされて溺《おぼ》れ死んだんだろう。泳げなかったという話だから、自分から運河に近づいたとは考えにくい」

「そうだな。何者かがロリコン男たちから脅し取った口止め料を横奪りしたのかもしれないぜ」

「その可能性はあるだろうね。で、おれは岩間の交友関係を洗ってみた。元芸能プロ社長とはギャンブル仲間だったよ。おおかた岩間は元芸能プロ社長のマンションを訪ねたときにでも、携帯のカメラで顧客名簿をこっそり盗み撮《ど》りしたんだろう」

「多分、そうなんだろうよ。口止め料を横奪りしたと考えられる岩間の知り合いは？」

「具体的な人間は浮かび上がってこなかったんだが、奥さんの話によると、岩間は千駄木の『オアシス』というホームレス・シェルターを建設するとき、知り合いの保護司に資金援助をしてもらったらしいんだ」

「保護司だって!? 見城ちゃん、その保護司の名前は?」

「奥さんは、そこまでは知らないと言ってたな。夫に資金提供者のことを一度しつこく訊いたらしいんだが、ついに岩間は教えてくれなかったというんだ」

「実は、美寿々の命を狙った内山って奴の勤務先の社長の平井弓彦も保護司をやってる」

「そうなのか。しかし、ただの偶然なんじゃないのかな。保護司の数は少なくないからさ」

「そうなのかな」

百面鬼は葉煙草《シガリロ》の火を揉み消した。

『オアシス』の資金提供者が平井と決めつける根拠は何もない。そう思いつつも、百面鬼は何か引っかかるものを感じていた。

平井が内山たち三人に東西銀行新宿支店の須貝支店長を拉致させて、二十億円の身代金を要求したのだとしたら、まとまった金を欲しがっていたにちがいない。平井が旧知の元刑務官の岩間を民間ホームレス・シェルターのダミー経営者にして、ひと儲けしようと企《くわだ》てたとは考えられないだろうか。

しかし、思っていたほど収益は上がらなかった。そこで平井は、岩間がギャンブル仲間の元芸能プロ社長から脅し取った口止め料を横奪《ど》りする気になったのではないか。

いくらなんでも、ちょいと話ができすぎか。百面鬼は根拠のない推測を打ち消し、飲みかけのコーヒーを空けた。

「岩間は少なく見積っても、ロリコン男たちから数千万は脅し取ってるだろう。しかし、『オアシス』のスポンサーだという保護司にそっくり横奪りされたのかもしれないな」

「見城ちゃんは、その保護司を見つけ出して決着をつける気なんだろ？」

「いや、それは後回しにするよ。岩間を殺《や》った奴を捜し出しても、億単位の銭は寄せられないだろうからね。百《どう》さん、女殺し屋を消したがってる奴を先にやっつけようよ」

「手を貸してくれるのか」

「もちろん！　おれは何をやればいい？」

「『平井紙業』の社長の動きをちょいと探ってくれねえか」

「了解！」

見城がサイドテーブルの上からメモパッドを摑み上げた。百面鬼は『平井紙業』の所在地を教え、社長の特徴も伝えた。

「まだ平井は会社にいるだろう。これから早速、『平井紙業』に行ってみるよ」

「よろしく頼まあ。おれは美寿々のことが気になるから、六本木エクセレントホテルに行ってみるよ」

「百さん、女殺し屋を別のホテルに移したほうがいいな。また、刺客に襲われるかもしれないじゃないか」

「そうなんだが、内山たち三人の潜伏先を早く知りてえから、わざと同じホテルに泊まらせてるんだよ。美寿々も別にビビっちゃいないから、もうしばらく……」

「そういうことなら、もう余計なことは言わないよ。一緒に出ようか」

見城が長椅子から立ち上がり、寝室に歩《ほ》を運んだ。

待つほどもなく彼は居間に戻ってきた。上着をスタンドカラーの長袖シャツの上に重ねていた。下はチノクロスパンツだ。

百面鬼たちは部屋を出て、エレベーターで地下駐車場に降りた。

「何か動きがあったら、すぐ報告するよ」

見城が先にBMWに乗り込んだ。彼は長いことローバー827SLiに乗っていたが、サーブそしてBMWに買い換えたのである。百面鬼はBMWが走り去ってから、覆面パトカーの運転席に入った。

マンションを出たとき、恋人の久乃から電話がかかってきた。

「ぽっかり時間が空いたんだけど、どこかで夕食を一緒に摂《と》らない？」

「そうしたいとこだが、他人任《ひとまか》せにはできない地取り捜査があるんだ」

百面鬼は、もっともらしく言った。

「そうなの。いま、どういう事件を担当してるの？」

「殺人事件だよ」

「どんな？」

「久乃、なんか変だぞ。これまで一度だって、仕事のことを細かく訊いたことはなかったよな。どういうことなんだ？」

「ごめんなさい。なんだか竜一さんが遠くに行っちゃうような気がして、ものすごく不安なの。明け方ね、悪い夢を見たのよ」

「どんな？」

「あなたが土下座して、『ほかの女に惚れたんで、別れてくれねえか』って言ったの。明け方に見る夢は、正夢《まさゆめ》だって言うじゃない？」

「そんなのは、ただの迷信だよ」

「そうなのかな」

「当たり前だろうが。もっと自信を持てよ。おれは久乃にぞっこんなんだ。別の女に目を向けるはずないだろうが」

「なら、わたしを愛してるって言って」

久乃が甘えた声で言った。

「おれは日本男児なんだ。そんなこっ恥ずかしいことは言えねえよ。愛情ってのは言葉じゃなくて、行動で示すもんだ。おれの気持ちが久乃に伝わってねえって言うのか？」

「それは伝わってるわ。でもね、女はたまには言葉で愛情表現してもらいたくなるのよ。お願いだから、愛してるって言って」

「これでも、おれは照れ屋なんだ。そんなふうにせがまれたら、余計に言えなくなるだろうが」

「うふふ」

「なんだよ、急に笑いだして」

「ちょっと竜一さんをからかってみただけ。もういじめないわ」

「年上の人間をからかいやがって。電話、切るぞ」

「ね、帰りは遅くなるの？」

「そう遅くはならないと思うけど、先に寝《やす》んでてくれよ。それじゃな」

百面鬼は携帯電話を懐に戻した。

女の直感で、美寿々とのことを覚《さと》られてしまったのかもしれない。少し気をつけたほうがよさそうだ。

二十分そこそこで、六本木エクセレントホテルに着いた。

百面鬼は覆面パトカーを駐車場に入れ、一五〇三号室に向かった。部屋のチャイムを鳴らしても、美寿々はすぐには応答しなかった。

何か異変があったのか。

百面鬼は左右をうかがってから、上着の右ポケットに手を突っ込んだ。指先で万能鍵を抓《つま》んだとき、ドアが開けられた。

「トイレに入ってたのよ」

「何か悪いもんを喰って、腹をこわしたのか？」

「いやねえ。おしっこをしてたの」

「そうか。内山の影は？」

「ううん、まったく……」

美寿々が首を横に振った。

百面鬼は部屋に入り、後ろ手にドアを閉めた。すると、美寿々が熱い眼差しを向けてきた。百面鬼は顔を重ね、美寿々の唇を貪《むさぼ》りはじめた。

美寿々は舌を深く絡《から》めると、大胆な手つきで百面鬼の股間《こかん》をまさぐった。百面鬼は美寿々のヒップを撫《な》で回しはじめた。

濃厚なくちづけが終わると、百面鬼は美しい殺し屋をバスルームに導《みちび》いた。

4

気だるい。

濃厚な情事の名残《なごり》だ。百面鬼はフラットシーツに腹這《はらば》いになって、葉煙草《シガリロ》を喫っていた。美寿々はシャワーを浴びている。

かすかに湯滴がタイルを打つ音が聞こえた。女殺し屋はベッドの中では、牝《めす》そのものになる。実に本能に忠実だった。裸身も惜《お》しみなく晒《さら》した。

やはり、アメリカ育ちは違う。久乃は、そこまで大胆になれない。しかし、どちらもそれぞれ味がある。当分、二股を掛けることになりそうだ。醜男《ぶおとこ》の自分がこんなにモテることが信じられない。

サイドテーブルの上で私物の携帯電話が振動した。ベッドで美寿々と交わる前にマナーモードに切り替えておいたのだ。

百面鬼は葉煙草の火を揉み消し、携帯電話を摑み上げた。

ディスプレイを覗く。発信者は見城だった。何か動きがあったようだ。

携帯電話を顔に近づけると、見城の弾んだ声が響いてきた。

「百《どう》さん、面白い展開になってきたよ。いま、平井弓彦は千駄木の『オアシス』に来てるんだ。変死した岩間の妻と何か話し合ってる」

「ほんとかい⁉」

「ああ」

「ということは、『オアシス』に資金提供した保護司は平井だったと考えても……」

「いいと思うよ。おそらく平井は岩間が書いた借用証を奥さんに見せて、シェルターの土地と建物の名義変更を迫《せま》ってるんだろう」

「そうなのかもしれねえな。やっぱり、おれの勘は間違っちゃいなかったんだ。見城ちゃんから保護司が『オアシス』の資金提供者だって話を聞かされたとき、まず平井のことが頭に浮かんだから名前を口にしたんだよ」

「そうなのか」

「けど、それじゃ、話があまりにもできすぎてると思ったんで、いったんは直感を疑ったんだ。けど、おれの勘は正しかったんだな」

「そうなると、岩間がロリコン連中から脅し取った口止め料を横奪りしたのも平井臭いね。それから、岩間を芝浦運河に突き落としたのも」

「そうだな。見城ちゃん、おれもそっちに行くよ。おれが『オアシス』に着く前に平井が動きだしたら、とりあえず見城ちゃんは保護司を尾行してくれないか」

「オーケー、わかった。そういうことになったら、また電話する」

「頼むぜ」

百面鬼は通話を切り上げ、ベッドから出た。手早く衣服をまとう。身繕《みづくろ》いを終えたとき、バスルームから美寿々が出てきた。白いバスローブ姿だった。

「出かけるの？」

「ああ。そっちの命を狙った内山って奴を操ってる人物がわかるかもしれないんだ」

百面鬼は経過を手短に話し、慌《あわ》ただしく一五〇三号室を出た。

クラウンに乗り込むと、千駄木に急いだ。目的のホームレス・シェルターを探し当てたのは、およそ三十分後だった。

『オアシス』はプレハブコンクリート造りの三階建てだ。どの窓も明るい。

まだ午後九時前だ。

見城のドルフィンカラーのＢＭＷは、『オアシス』の数十メートル手前に停車中だった。５シリーズだ。百面鬼はＢＭＷの四十メートルほど後方に覆面パトカーを停めた。

静かに車を降り、急ぎ足でＢＭＷに歩み寄る。

見城がＢＭＷの助手席のドア・ロックを解除した。百面鬼は素早く見城のかたわらに坐った。

「平井と岩間の妻は一階の事務室にいるはずだよ」

見城が告げた。

「そうか。平井は会社から車でこっちに来たのか？」

「そう。黒塗りのレクサスを自分で運転してね。レクサスは、『オアシス』の駐車場に入れてある。この位置からは見えないが……」

「平井が事務室に入ったのは、どのくらい前なんだ？」

「五十分くらい前だよ」

「話が拗《こじ》れてるんだろうか。それとも岩間のかみさんは不動産の名義変更の申し入れにあっさり応じて、平井と死んだ亭主を偲《しの》んでるのかね？」

「さあ、どっちなのかな」

会話が途切れた。

そのとき、『オアシス』の表玄関から白髪《しらが》の男が姿を見せた。

「百《どう》さん、あいつがロリコン男たちから二百万ずつ口止め料を集金した井手章雄だよ。ちょっと待っててくれないか」

見城はBMWを降りると、早足《はやあし》で井手に歩み寄った。

井手がぎくりとして、逃げる素振りを見せた。すかさず見城は、相手の肩口をむんずと摑んだ。

二人は暗がりにたたずみ、五分ほど立ち話をした。

見城が井手の肩を叩いた。井手は心許ない足取りで歩きだした。だいぶ酔っている様子だ。見城が駆け戻ってきて、BMWの運転席に入った。

「やっぱり、『オアシス』に資金提供したのは平井だったよ。ただ、平井は岩間の奥さんに土地や建物の所有権を自分に移せと言ったんじゃないらしい」

「死んだ亭主と同じように奥さんに表向きの経営者になってほしいと頼んだのかな」

「そうらしいんだ。井手は事務室のドアの近くで聞き耳を立ててたというんだよ」

「平井はダミーを使って、これまで通りにホームレスたちの生活保護費をほとんど吸い上げようって魂胆《こんたん》なんじゃねえのか」

「そうなんだろう」

「汚《きたね》え野郎だ。保護司なんかやって善人ぶってるが、裏では弱者たちを喰《く》いものにしてる。それだけじゃない。内山たち三人に東西銀行新宿支店の須貝支店長を拉致させて、二十億の身代金をせしめようとした疑いもある」

「そうだね。おれも百さん同《どう》様に、平井みたいな偽善者は赦《ゆる》せないと思ってるよ。それはともかく、平井の会社はだいぶ前から赤字経営なんだろう。だから、まとまった金を欲しがってるんじゃないのか」

「ああ、多分な」

百面鬼は答えた。

「そうだとしたら、平井は内山たち三人に別の銀行の支店長をまた拉致させる気でいるんだろう」

「見城ちゃん、それはどうかな。東西銀行の事件で身代金を手に入れることができなかったんで、平井は内山たちに別の犯罪《ヤマ》を踏ませる気でいるのかもしれないぜ」

「たとえば？」

「現金輸送車を襲わせるとか、ＩＴビジネス成功者を引っさらわせるとかな」

「どちらも考えられるね。この後、平井はどう動くのか。運がよければ、内山たち三人の潜伏先に回るかもしれない」

「そうだといいがな」

「平井のレクサスが出てきたら、二台の車でリレー尾行しよう。最初は、おれが平井の車を追尾《ついび》するよ」

見城が言った。

百面鬼は無言でうなずき、ＢＭＷから出た。覆面パトカーに戻り、張り込みを開始する。張り込みは、いつも自分との闘いだった。マークした人物が動きだすのを辛抱《しんぼう》強く待つ。それが原則だ。

百面鬼は刑事になりたてのころ、焦《じ》れて幾度か被疑者に張り込みを覚《さと》られたことがある。上司にこっぴどく叱られたことは、いまも忘れていない。

ＢＭＷが短くハザードランプを点滅させたのは数十分後だった。

百面鬼は視線を延ばした。『オアシス』の駐車場から、黒いレクサスが現われた。平井の車にちがいない。

見城が少し間《ま》を取ってから、ＢＭＷを発進させた。百面鬼はゆっくりとＢＭＷを追った。

レクサスは目白《めじろ》通りに出ると、練馬方面に進んだ。平井の自宅は会社の近くにある。自宅に帰るのではなさそうだ。どこかに愛人を囲っているのか。それとも、内山たちのいる隠れ家を訪ねる気なのだろうか。

百面鬼はＢＭＷとの車間距離を少し詰めた。

やがて、レクサスは関越《かんえつ》自動車道に入った。ＢＭＷにつづき、百面鬼もハイウェイに覆面パトカーを乗り入れた。

川越《かわごえ》ＩＣ《インターチエンジ》を通過すると、見城の車が左のターンランプを灯《とも》した。百面鬼はアクセルペダルを深く踏み込み、レクサスの真後ろに迫った。追い越し車線だ。

下り線は空いていた。レクサスは時速百キロ前後で快調に疾駆《しつく》している。

行き先の見当はつかなかった。

レクサスは本庄児玉《ほんじようこだま》ＩＣを降りると、本庄市方面に向かった。百面鬼はクラウンを路肩《ろかた》に寄せ、ＢＭＷを見送った。ポジションを替えたのだ。

平井の車は児玉町を抜け、藤岡《ふじおか》市に入った。国道四六二号線をさらに道なりに走り、細長い人工湖の少し手前で左に折れた。百面鬼はＢＭＷに従いながら、家並《やなみ》に目をやった。住所表示板で、現在地が埼玉県の神川町《かみかわまち》であることを確認した。

レクサスはしばらく林道を進むと、城峰山《じようみねさん》の中腹にあるログハウスの前に停まった。誰かの別荘らしい。

敷地は七、八百坪はありそうだ。山荘風の建物は二階建てだった。

見城がＢＭＷをログハウスの五、六十メートル手前で停めた。百面鬼はクラウンをＢ

MWの真後ろに停止させ、静かに外に出た。

そのとき、影絵のように見える樹々の向こうで夜鳥が羽ばたいた。少し驚かされた。

百面鬼は苦笑し、BMWに歩み寄った。すぐに見城が車を降りた。

「かなりでっかいログハウスだから、内山たち三人が潜伏してるのかもしれねえな」

百面鬼は相棒に小声で言った。

「そうだね。平井の別荘なんだろうか」

「多分な」

「百《どう》さん、これからの段取りを決めようよ」

「そうするか。まずログハウスの中の様子をうかがおう。それで、平井を弾除《たまよ》けにしてえな。それが無理だったら、誰か居合わせた奴を生け捕りにしようや」

「了解！」

「見城ちゃんは丸腰なんだろ？」

「そう」

「それじゃ、おれが先に踏み込まあ。シグ・ザウエルを携行してるんだ。マガジンには九発入ってる。じゃあ、行こうか」

二人は肩を並べて歩きだした。

門柱はあったが、表札は掲げられていない。道路側に喬木《きょうぼく》が等間隔に植わっているが、塀や柵は巡《めぐ》らされていなかった。左右の境界線には、牧場の柵に似た物がまっすぐに延びている。

百面鬼たち二人は道路側の喬木の間を擦《す》り抜け、敷地内に入った。

自然林をそのまま取り込んだ内庭は、身を隠せる場所が多い。百面鬼たちは苦もなくテラスに接近することができた。

テラスに面した大広間《サロン》から、女たちの嬌声《きょうせい》が洩れてきた。

「様子を見てくらあ。見城ちゃんは、ここにいてくれ」

百面鬼はショルダーホルスターから自動拳銃を引き抜き、テラスに上がった。爪先に重心をかけ、カーテンの隙間《すきま》から電灯の光が洩れている部屋に忍び寄った。

やはり、三十畳ほどの広さの大広間だった。

全裸の若い女が三人、室内を走り回っていた。三人とも笑顔だ。

目隠しをした三人の男が手探りで、それぞれ裸の女を追っている。彼らも生まれたままの姿だった。上背のある男は早くも性器を勃起《ぼっき》させていた。

多分、取っ捕まえた女を犯してもいいという趣向なのだろう。三人の女は売春婦なのかもしれない。

百面鬼は、そっとハンドガンの安全装置を外した。

そのとき、左の内腿にバラの刺青《タトゥー》を入れた女が手拍子を打った。背の高い男が突進し、その女に抱きついた。

二人は縺《もつ》れ合いながら、床に倒れた。

長身の男が女にのしかかり、両脚を大きく割った。そのまま彼は、そそり立った男根《だんこん》を女の体内に埋めた。

「キスは駄目よ」

女が言って、相手の腰を両脚で挟《はさ》みつけた。上背のある男が背を丸め、せっかちに女の乳首を吸いつけた。そうしながら、ワイルドに抽送《ちゆうそう》しはじめた。

あの長身の男は折戸健次だろう。手前にいる毛むくじゃらの男が内山繁で、皮膚に張りのない男が水原敏男なのではないか。

百面鬼は三人の男がセックスに励みはじめたら、ログハウスに押し入ることにした。

「あたしを押さえ込めるのは、どっちかな?」

髪をブロンドに染めた二十二、三歳の女が二人の男を挑発して、自分の太腿を掌《てのひら》で叩きはじめた。

巨乳で、ウエストのくびれが深い。黒々とした飾り毛は短冊《たんざく》の形に繁っている。毛むくじゃらの男が女に一歩ずつ近寄り、急にタックルをかけた。早業《はやわざ》だった。

女が仰向けになると、男はすぐに上体を引き起こした。毛深い男は両手で女の頭部を摑み、半立ちの陰茎《いんけい》をくわえさせた。女が亀頭を舌の先で舐める。

「なんかまどろっこしいな」

毛むくじゃらの男が言い、自《みずか》ら腰を前後に動かしはじめた。強烈なイラマチオだった。金髪の女は何度も喉を詰まらせた。

男は頃合を計って、自分の腰の上に女を跨《また》がらせた。すぐに女は腰を上下に弾ませ、グラインドもさせた。

「残ったのはおじさんだけか。ま、いいわ」

ショートヘアの女が肩を竦《すく》め、自分から中年男に近づいた。二十六、七歳だろうか。和毛《にこげ》は薄かった。

「おっ立たなかったら、ごめんな」

男が言った。髪の短い女は男の前にひざまずき、オーラルプレイにいそしんだ。舌技が上手だったのか、五十年配の男はたちまちハードアップした。

「おじさん、どういう体位《ラーゲ》が好きなの？」

「ワンワン・スタイルになってくれないか」

「うん、いいよ」

女が床に四つん這《ば》いになった。男が手探りで女の腰を抱えた。膝立ちの恰好《かっこう》だった。

「おっ、入ったぞ」

「おじさん、頑張ってね。わたしたち三人は十五万ずつ払ってもらったんだから、ほかの二人とも娯《たの》しんだほうがいいわ」

女が言った。

「若くないから、三人とセックスはできないよ。きみだけで充分だ」

「欲がないのね」

「きみのこと、冴子《さえこ》って呼ばせてもらってもいいかな」

「冴子って誰なの？」

「学生時代の恋人だよ。その彼女、白血病で若死にしちゃったんだ」

「ふうん。男って、笑っちゃうぐらいにロマンティストなのね」

「どうだろう？」

「おじさん、その彼女と一遍《いっぺん》もナニしなかったわけ？」

「一度だけ結ばれたんだ、病室でね。彼女が死ぬ五日前のことだった」

「なんか泣けちゃいそうな話ね。いいよ、冴子さんになってあげる」

「きみは気持ちが優しいんだな」

「冴子、ものすごく濡れちゃってる」

「やめろ！　冴子はそんなはしたないことを口にする女じゃない。とても慎《つつし》み深かったんだ」

「いちいち文句つけるんだったら、協力してやらないから」

「悪かった、謝るよ」

「もういいって」

「冴子、どうなのかな。恥ずかしいけど、気持ちいいんだろう？　ぼくも最高だよ。このまま二人で死ねたらいいね。ああ、冴子！」

男は舞台役者のような声音《こわね》で言い、腰をダイナミックに躍動させはじめた。

そろそろ押し入るか。百面鬼は見城を手招きしてから、サッシ戸に手を掛けた。

大広間《サロン》のサッシ戸はロックされていなかった。サッシ戸を横に払っても、三組のカップルはそのことに誰も気づかない様子だった。

百面鬼は土足のまま、大広間に踏み込んだ。やや遅れて、見城もサロンに押し入った。

「てめえら、いい加減に離れろ！」

百面鬼は大声で喚《わめ》いた。

最初に結合を解いたのは、毛深い男だった。すぐに目隠しが外された。やはり、内山だった。仲間の二人がパートナーから離れ、相前後して目隠しを取り除く。上背のあるほうは折戸で、五十男は水原だった。

「あんたたち、何者なのよっ」

髪をブロンドに染めた女が声を張った。

「おれは刑事だ」

「嘘ばっかり！　どう見たって、ヤーさんじゃないの」

「売春防止法で検挙《アゲ》られたくなかったら、仲間の二人と一緒に失《う》せろ！」

百面鬼は怒鳴った。すると、裸の女たちはひと塊《かたまり》になって大広間から飛び出していった。

見城が無言で高く跳躍《ちょうやく》し、内山の顔面に飛び蹴りを見舞った。

内山は棒のようにぶっ倒れた。見城は着地するなり、折戸に右の振り拳を放った。折戸は仰向けに引っ繰《く》り返った。

水原が逃げようとした。見城は、水原を中段回し蹴りで転倒させた。裸の男たちの分身は揃って縮こまっていた。

「このログハウスは、平井弓彦の別荘だな？」

百面鬼はシグ・ザウエルP230Jの銃口を内山に向けた。

「おれは何も喋《しゃべ》らない。平井先生は恩人だからな」

「それじゃ、おれが喋ってやろう。てめえらは平井に命じられるままに東西銀行新宿支店の須貝支店長を拉致して、勝浦の元ペンションで絞殺した。殺したのは、東西銀行が身代金の二十億円を出そうとしなかったからだ」

「…………」

「それから、平井はダミーの岩間誠悟にホームレス・シェルター『オアシス』を経営させ、収容者たちの生活保護費の大半を吸い上げてた。さらにロリコン野郎たちから岩間が脅し取った口止め料を横奪りしてた。その上、保身のために岩間を事故死に見せかけて、芝浦運河から突き落とした疑いがある」

「何も話さないぞ、おれは」

「なら、てめえら三人を正当防衛に見せかけて射殺するまでだ」

「そんなことできるわけない」

内山が鼻先で笑った。

そのとき、内庭で車のエンジン音が響いた。平井が身に危険が迫ったことを感じ取り、逃げる気になったのだろう。百面鬼は見城に目配せした。

見城がテラスに走り出て、内庭に飛び降りた。

「平井先生は保護司なんだ。悪いことなんか何もしてないさ」

折戸が震え声で言った。その言葉に、水原が大きくうなずく。

「てめえらは、平井にマインドコントロールされてるんだろうな。いまは目の焦点は合ってるが、東西銀行新宿支店に押し入ったときのてめえらは、なんか夢遊病者みてえだった。あのとき、おれはたまたま銀行の斜め前の鮨屋にいたんだよ。それで、ウージーの掃射音を聞いて、新宿支店に駆け込んだんだ」

「刑事だと言ってたが、どうしてわれわれを逮捕しようとしなかったんだ？」

水原が訊いた。

「いい質問だな。おれは殉職《じゅんしょく》したくなかったのさ。だから、てめえらを取り押さえようとしなかったわけだ」

「…………」

「平井はまとまった金を手に入れて、何かやろうとしてるんじゃねえのか？　水原、返事をしな」

「なぜ、わたしの名前まで知ってるんだ!?」

「てめえら三人には傷害の前科《マエ》がある。警察庁の大型コンピューターには、すべての犯歴が入力されてるんだ。パトカーの端末を少しいじるだけで、何もかもわかるんだよ」

「そうだったな」

「水原、撃《ハジ》かれてえのかっ」

百面鬼は五十男を摑み起こし、銃口を額に突きつけた。

「撃つな、撃たないでくれーっ。平井さんは義のために世直しをしようとしてるんだ。いまの日本は、まともじゃない。数多くの失業者が街にあふれ、毎年二万数千人の男女が自殺してる。こんな社会にしてしまったのは、無責任な政治家や官僚たちだ。銀行、裏社会の顔役、政商、フィクサーといった連中の罪も大きい」

「平井は、そいつらに天誅《てんちゅう》を下す気でいるのか？」

「そうだよ」

「義士気取りも結構だが、軍資金集めに問題があるな」

「何か大きなことを為《な》し遂《と》げるには、多少の犠牲はやむを得んさ」

水原が昂然《こうぜん》と言った。そのとき、見城が大広間《サロン》に駆け戻ってきた。

「平井はレクサスで逃げたよ。追って屋根《ルーフ》にしがみついたんだが、振り落とされてしまったんだ」

「怪我は？」

「肘《ひじ》を打ったが、どうってことない。ここにいる三人を締め上げよう」

「そうするか」

百面鬼は同意した。

その直後、大広間のドアがいきなり押し開けられた。ほとんど同時に、催涙弾《さいるいだん》が三発撃ち込まれた。白い煙がサロンいっぱいに拡散した。内山たち三人が這って玄関ホールに逃《のが》れた。次の瞬間、今度は非致死性手榴弾《スタン・グレネード》が投げ込まれた。

閃光《せんこう》が走り、凄まじい音が轟いた。

百面鬼は平衡《へいこう》感覚を失い、床に倒れた。見城も転がった。

ドアが閉められた。百面鬼は寝撃ちの姿勢《プローン・ポジション》をとり、ハンドガンの引き金を絞った。

放った銃弾はドアを突き破ったが、誰にも命中しなかった。

「くそっ、手脚に力が入らない」

見城が忌々《いまいま》しげに言った。

百面鬼も体の自由が利《き》かなかった。まるで腰が抜けてしまったような感じだ。瞼《まぶた》も開けていられなかった。

「百《どう》さん、テラスまで這《は》って出よう」

「ああ」

二人は鰐《わに》のように床を這い進み、やっとの思いでテラスに出た。

痛む目を強引に開けてみたが、動く人影は見えなかった。内山たちは仲間に救《たす》けられ、とうに逃げ去ったのだろう。

「この決着《オトシマエ》はつけなきゃな」

百面鬼は先に身を起こし、相棒の手を引っ張った。

第三章　容疑者たちの接点

1

欠伸《あくび》が止まらない。

寝不足だった。神川町から久乃のマンションに帰り着いたのは午前一時過ぎだ。百面鬼は惰眠《だみん》を貪《むさぼ》りたかったのだが、成り行きで久乃と喪服プレイを愉《たの》しむことになってしまったのである。

部屋の主は、だいぶ前に仕事に出かけた。あと数分で、正午になる。

百面鬼はダイニングテーブルに着き、遅い朝食を摂《と》っていた。久乃が作ってくれたビーフサンドもシーフード・サラダもうまかった。

百面鬼はコーヒーを飲み終えると、居間に移った。

リビングソファに腰かけたとき、見城から電話がかかってきた。

「百《どう》さん、昨夜《ゆうべ》はさんざんだったね。それはそうと、一連の事件のことをどう思う？」

「一連の事件？」

百面鬼は訊き返した。

「まだ知らないようだな。前夜から今朝にかけて、民自党《みんじ》の元老《げんろう》、元首相、日銀総裁、経済産業大臣、政商、経団連会長、広域暴力団の理事長の七人が謎の武装集団に射殺されたんだ」

「ほんとかい!?　もしかしたら、平井が世直しをやりはじめたのかもしれねえな」

「世直しって、どういうこと？」

見城が問いかけてきた。百面鬼は、ログハウスの大広間《サロン》で水原から聞いた話をかいつまんで語った。

「平井は、不況の元凶となった連中に天誅《てんちゅう》を下しはじめてるんじゃないかってことだね？」

「水原の言ってたことが事実なら、そうなんだろうな」

「七人を殺《や》った連中は四、五人のグループみたいなんだが、標的を一発で仕留《しと》めてる。小悪党の平井が、そういう殺し屋集団を動かせるだろうか」

「謎の武装集団を操ってるのは、別の人物なんじゃないかと……」

「おれは、そんな気がしてるんだ。百さん、とにかくテレビを点けてみてよ。どの局も朝から一連の大物殺しのニュースを流してるから。いったん電話を切るね」

見城が通話を切り上げた。

百面鬼は携帯電話を耳から離し、コーヒーテーブルの上に置いてあるテレビの遠隔操作器《リモート・コントローラー》を摑《つか》み上げた。電源スイッチを入れると、画面に民自党本部が映し出された。

「繰り返しお伝えします。元首相で民自党の最大派閥のリーダーだった本橋宏一郎《もとはしこういちろう》さん、六十七歳が午前十時二十分ごろ、千代田区内の自宅前の路上で戦闘服姿の男に射殺されました」

画面に男性報道記者の上半身が映った。

「犯人は本橋さんの近くにいたSPの右脚を撃ち、仲間の運転するワンボックスカーで逃走しました。その車には、偽のナンバープレートが掛けられていました。なお犯人は黒いフェイスマスクで顔面を覆って、両手には革手袋を嵌《は》めていました。本橋さんの相談役を務めていた元老の大垣周《おおがきあまね》さん、八十四歳も昨夜十一時過ぎに会合先の赤坂の料亭前で射殺されました。その数十分後には、経団連会長と日銀総裁がそれぞれ帰宅途中に武装集団に襲われて、命を落としました。さらに今朝は、経済産業大臣、政商、広域暴力団の理事長が戦闘服姿の男たちに狙撃《そげき》されました。これまでの犠牲者は七人にのぼります。そのほか詳しいことはわかっていません」

　また画像が変わり、世田谷区内にある大垣邸が映し出された。

　百面鬼は次々にチャンネルを替えてみた。どの局も報道内容は似たり寄ったりで、第一報の域を出なかった。

　百面鬼はテレビの電源を切り、刑事用携帯電話《ポリスモード》を手に取った。すぐに警視庁の郷刑事に電話をかける。

「よう、百面鬼！　また小遣い回してもらえるようだな」

「職場でそんなことを言ってもいいのか？」

「いま、捜査資料室にいるんだ。周りには誰もいない」

「そうなのか。昨夜から今朝にかけて、戦闘服を着た奴らが本橋たち大物を七人も殺《や》ったようだが、過激派が一連の事件《ヤマ》に関与してる疑いは？」

「その線は考えられないな。もうイデオロギー闘争の時代じゃないからカンパが減って、どのセクトも闘争資金に余裕がないんだよ」

「そうだろうな。本庁の公安は、七人が連続して殺害されたことをどう見てる？」

「新しいタイプのアナーキスト集団の犯行臭《ヤマくさ》いね。実行犯は、いずれも銃器の扱いに馴《な》れてた。元自衛隊員や殺し屋《プロ》で構成されてるんだろう」

「葬られた連中の顔ぶれを見ると、犯人グループは一種の世直しをしたがってるみてえに感じられるんだが、郷はどう思う？」

「どうなんだろうな」

「郷、何か手がかりを摑んでるんじゃねえのか。そうなんだろうが？」

「情報提供料を出してくれれば、まだマスコミにも知られてない話を教えてやるよ」

郷が駆け引きしはじめた。

「いくら欲しいんだ？　はっきり言えよ。役に立つ情報《ネタ》なら、三十万払う」

「もっと価値のある情報だと思うがな」

「もう頼まねえ。郷、もう公安課長は登庁してんだろう？」

「おまえ、何を考えてるんだ!?」

「公安課長に会って、そっちの内職のことを洗いざらい話してやる。待てよ、直系の上役は不正の事実を握り潰《つぶ》すかもしれないな。人事一課監察も同じことをやりそうだ。よし、警察庁《サッチョウ》の首席監察官におまえのことを密告《チク》ってやろう」

「わかったよ、ろくでなし！　おれの負けだ。三十万で、とっておきの情報を流してやるよ。七人の大物を始末したのは、『神の使者たち』と名乗ってるグループなんだ。一時間ぐらい前、警視総監に犯行声明がファクスで寄せられたんだよ。警視総監は法務大臣と警察庁長官に犯行声明のコピーを渡したそうだが、マスコミには何も喋ってない」

「おまえ、犯行声明を読んだのか?」

「読ませてはもらえなかったが、公安三課《うち》の課長から内容については聞いてる。数多くの失業者の代弁者として、この国の経済構造の歪《ゆが》みを指摘し、再生の足枷《あしかせ》になってる〝害虫〟を一匹残らず駆除していくと宣言してるというんだ」

「で、本庁は『神の使者たち』のことをどのくらい把握してる?」

「残念ながら、犯人グループについては、まだ何もわかっていない。犯行現場の遺留《いりゅう》品《ひん》は少ないし、目撃証言もそう多くないんだよ。もしかしたら、警察内部に協力者がいるのかもしれないぞ」

「その根拠は?」

百面鬼は早口で訊いた。

「元老の大垣や元首相の本橋は、護衛のSPがちょっと離れた隙《すき》に狙撃されたんだ。SPの行動をよく知ってなきゃ、隙を衝《つ》くことはできないだろう」

「ああ、そうだろうな。そういうことなら、桜田門の警護部に犯人グループと内通してる奴がいるんじゃねえか」

「身内に裏切り者がいるとは考えたくないが、その疑いはゼロじゃないな」

「それより、その程度の情報で三十万は、ぼったくりなんじゃねえか」

「おまえ、他人《ひと》の足許を見て……」

郷が不満を洩らした。

「会ったときに半分の十五万を払ってやる。それで、手を打ってくれや」

「新情報が入ったら、すぐ百面鬼に教えるよ。だから、せめて二十万は払ってくれないか」

「おまえ、商人《あきんど》になりゃよかったな。小売り商になってりゃ、成功してただろうよ」

「そっちが先にセコいことを言い出したくせに」

「おれに難癖《なんくせ》をつけるんだったら、もう内職は回してやらねえぞ。郷、どうする?」

「やくざ野郎、ごろつき! 十五万でいいから、なるべく早く金を払ってくれ。それから、どんどん内職を回してくれよな。それじゃなっ」

「しっかりしてやがる」

百面鬼は苦く笑って、通話終了ボタンを押した。すぐに見城の携帯電話を鳴らし、郷から聞いた話を伝える。

「きのう、大広間《サロン》に催涙弾とスタン・グレネードを投げ込んで平井や内山たち三人を逃がしたのは、『神の使者たち』のメンバーなんだろうか。一連の大物殺しのように、手口が鮮やかだったからね」

見城が言った。

「その可能性はあるかもしれねえな」

「しかし、平井が『神の使者たち』の親玉とは思えないね。奴は、それほどの大物じゃない」

「ま、そうだな。平井は参謀《さんぼう》格で、奴のバックに誰か首謀者がいるんじゃねえか」

「そうなんだろうね。そいつが何者かわからないが、本気で世直しをしてるんだろうか。何か裏がありそうだな」

「おそらく、そうなんだろう」

「昨夜のことがあるから、平井は何日か東京には戻ってこないつもりなんじゃないのか。多分、内山たち三人もね」

「まさか連中、ログハウスに戻ってねえだろうな。裏をかいてさ」

「それはないと思うな。どこか別のアジトに身を潜《ひそ》めてるんだろう。夜になったら、七海に平井の自宅と会社にヒューズ型の電話盗聴器を仕掛けさせようか？　どこに潜伏してても、家族や『平井紙業』の役員には何か連絡しそうだからさ」

「そうだな。そうしてもらうか」

百面鬼は平井の自宅の所番地を教えた。会社の所在地は、すでに伝えてある。

「盗聴器の件は引き受けたよ」

「本来なら、おれが直接、七海ちゃんに頼まなきゃならないんだけどな。見城ちゃんから、よろしく言っといてくれ」

「わかった」

「七海ちゃんとは、いい感じなんだろ？」

「まあね。死んだ里沙の代用品扱いされてると最初は拗《す》ねてたんだが、近頃はそういうことには拘《こだわ》らなくなったようだな」

「見城ちゃんにマジで惚れられてるという確信を得たんじゃねえのか。里沙ちゃん、あの世でよかったと思ってるだろう」

「おれは里沙を幸せにしてやれなかったわけだから、その分、七海を大切にしなければと思いはじめてるんだ」

「女たらしも、ついに年貢《ねんぐ》を納める気になったか」

「先のことはわからないが、いまは情事代行のサイドビジネスをやる気にはなれないいんだ」

「里沙ちゃんが生きてるときは、情事代行をやってたよな。ということは、彼女よりも強く七海ちゃんに惹《ひ》かれてるってわけか」

「愛情の度合は変わらない。ただ、里沙が若死にするなんて夢にも思ってなかったんで、遊び気分で情事代行のバイトをこなしてたんだよ」

「そうだったのか」

「どんなに若くっても、死が不意に訪れることもある。そういう辛《つら》い現実を知らされたんで、いまは好きになった女にだけ目を向けるべきだと思うようになったんだ」

「人間は誰も年齢に関係なく、明日、死んじまうかもしれないからな」

「ああ、そうだね。だから、愛《いと》しさを感じてる相手とは、できるだけ誠実につき合いたいんだ」

「見城ちゃん、おれに内緒でどこかの寺で得度《とくど》したんじゃねえの？　そんな冗談を言いたくなるぐれえの変わりようだぜ」

「少し前に喋ったことは、おれの理想というか、願望なんだ。そうありたいと思ってるが、セクシーな美女にベッドで慰めてなんて言われたら、断り切れなくなりそうだね」

「それでいいんだよ。見城ちゃんもおれも無類《むるい》の女好きなんだから。変に優等生ぶることはねえさ」

「そうだね。それじゃ、近々、情事代行の副業を再開するか」

「いまの話、七海ちゃんに喋っちまおうかな」

「百《ど》さん、そりゃないだろ！　七海に余計なことを言ったら、おれ、フラワーデザイナーに女殺し屋のことを教えちゃうよ」

「冗談だって。おれが七海ちゃんに告げ口するわけねえだろうが」

「こっちも冗談だよ」

見城が笑ってから、先に電話を切った。

百面鬼は携帯電話を耳から離した。

ほとんど同時に、着信音が響きはじめた。電話をかけてきたのは美寿々だった。

「怪しい男がわたしの部屋の様子をうかがってたの。グリルから戻ったらね」

「どんぐり眼《まなこ》の内山か？」

「ううん、別人よ。三十七、八歳で、蛇みたいな目をした男だったわ。そいつはわたしと目が合うと、そそくさと立ち去ったの」

「いま、そっちは部屋の中にいるのか？」

「ええ」

「すぐに部屋を出て、一階のロビーかティールームに移れ。そのほうが安全だな」

「大丈夫よ、護身用のケル・テックP－32を持ってるから。仮に襲われても、うまく切り抜けられると思うわ」

「敵は手強《てごわ》い連中なんだ」

百面鬼はログハウスでの出来事を話した。

「催涙弾やスタン・グレネードを使ったんだったら、侮《あなど》れない奴らね」

「昨夜から今朝にかけて元首相たち七人が戦闘服を着た男たちに相次いで撃ち殺されたこと、そっちも知ってるよな？」

「ええ」

「一連の事件は『神の使者たち』と名乗ってる武装集団の犯行と思われるんだが、そいつらの一味がログハウスの大広間《サロン》に催涙弾とスタン・グレネードを投げ込んで、平井や内山たち三人を逃がしたかもしれないんだ」

「えっ、そうなの」

「だから、部屋を出て、周りに人がいる場所に移動したほうがいいって。そういう所なら、怪しい奴もおかしな真似はできないだろう」

「わかったわ。わたし、ティールームに移る。ね、こっちに来てもらえる？」

「もちろん、すぐ行くよ」

「それじゃ、待ってるわ」

美寿々の声が途絶《とだ》えた。

百面鬼は外出の仕度《したく》ができると、ただちに久乃の部屋を出た。エレベーターで地下駐車場に下り、クラウンに乗り込む。

マンションの地下駐車場を出たとき、郷から電話がかかってきた。

「百面鬼、新情報を教えてやるよ。本橋たち七人は全員、ベレッタ92Fで射殺されてた。ライフルマークから凶器が断定されたんだ」

「アメリカ軍の制式拳銃か」

「そう。ベレッタそのものは、イタリア製だがね」

「そんなこと、知ってらあ」

「ついでに、平井弓彦に関する新しい情報を提供するよ。なんと平井は陸上自衛隊レンジャー部隊のメンバーだったんだ。三十四歳のときに父親が病死したんで、『平井紙業』を継いだんだが、それまでは自衛官《エイカン》をやってたんだよ」

「元自衛官なら、射撃の名手を集められそうだな」

「百面鬼は、『神の使者たち』のボスが平井と考えてるんだな？」

「ありがとよ」

百面鬼は返事をはぐらかし、覆面パトカーの速度を上げた。

2

店内に美寿々の姿はなかった。

不審な男に連れ去られたのか。百面鬼は、うろたえそうになった。

ホテルのティールームを飛び出そうとしたとき、奥の化粧室から美寿々が出てきた。

百面鬼は胸を撫《な》で下《お》ろして、美寿々に笑いかけた。美寿々がほほえんで、自分のテーブル席を指した。ロビー側の席だった。

百面鬼は、その席まで歩いた。

「早かったのね。もっと遅くなると思ってたの」

「そっちのことが心配だったんでな。とりあえず、坐ろうか」

「ええ」

美寿々が先に椅子に腰かけた。百面鬼は女殺し屋と向かい合い、コーヒーを注文した。

ウェイトレスが遠ざかると、美寿々が声を発した。

「例の男は少し前までロビーにいたんだけど、エレベーターホールの方に向かったきり戻ってこないのよ」

「おそらく一五〇三号室の近くで、そっちを待ち伏せする気になったんだろう。後で取っ捕まえて、とことん締め上げてやる」

「それよりも、わたしが囮《おとり》になるから、ユーは敵の出方を見たほうがいいんじゃない？　蛇のような目をした男は、わたしをシュートする気でいるんじゃないのかもしれないわ。だって、その気だったら、わたしを撃つチャンスは何度かあったはずだもの」

「言われてみりゃ、確かにそうだな。そいつは、このホテルに偵察に来ただけなのか。そうだとしたら、その野郎は殺し屋《プロ》じゃないな」

「とは言い切れないんじゃない？　わたしに堀越洋平を始末させた謎の殺人依頼者が刺客を放った可能性はあると思うわ。だけど、その刺客はホテル内でわたしをシュートしたくないと考え、こちらの様子を探ってるとも……」

「そうなんだろうか」

百面鬼は葉煙草《シガリロ》をくわえた。ちょうどそのとき、コーヒーが運ばれてきた。

ウェイトレスはじきに下がった。

「とにかく、わたし、囮になるわよ。正体不明の殺人依頼主のヴェールを剝《は》がしたいから。場合によっては、わざと敵の手に落ちてもいいと思ってる」

「命知らずだな」

「わたし、元社長秘書じゃないのよ。いつも危険だらけの闇稼業をやってきたんだから、仮に拉致《らち》されるようなことになってもなんとか切り抜けるわ」

「けど、下手したら……」

「むざむざと殺されたりしないわよ。さっき化粧室に行ったとき、ケル・テックP－32をブラジャーの中に忍ばせたの。身に危険が迫ったら、迷わず小型護身銃を使うわよ。だから、わたしのことは心配しないで」

「女にそこまで危ないことはさせたくないが、ちょっと協力してもらうか」

「ええ、いいわよ。わたしがどこかに連れ去られるようだったら、ユーはこっそり追ってきて」

「もちろん、そうするよ」

百面鬼は葉煙草の灰を指先ではたき落とし、コーヒーに口をつけた。

そのとき、美寿々が嵌《は》め殺しのガラス越しにロビーを見た。次の瞬間、彼女は小さく驚きの声をあげた。

百面鬼はロビーに目をやった。

それほど遠くない場所に、三十七、八歳の男がたたずんでいた。茶系のスーツを着て、きちんとネクタイを結んでいる。だが、勤め人には見えない。

目は丸くて、小さかった。頬《ほお》がこけ、唇は薄い。どこか爬虫類《はちゅうるい》を想わせる顔立ちだ。

「あの男だな？」

「ええ、そう。これから、わたしは囮になるわ」

「油断するなよ」

「大丈夫、気は緩《ゆる》めないから」

美寿々が椅子から立ち上がり、ティールームを出た。ロビーを歩きだして間もなく、怪しい男が美寿々に声をかけた。

美寿々は男と短く何か話し、大きくうなずいた。男の表情は穏やかだった。少なくとも威圧的ではなかった。どうなっているのか。冷酷そうな面相の男は刺客ではないのだろうか。

百面鬼は首を捻った。

美寿々と男が肩を並べて歩きだした。二人は表玄関から外に出るようだ。百面鬼は卓上の伝票を抓《つま》み上げ、レジに急いだ。

ティールームを出ると、美寿々たちの姿はもう見当たらなかった。

百面鬼は小走りにロビーを駆け、急いで表に走り出た。

二人は駐車場に向かっていた。百面鬼はパーキング中の車の間を縫って、覆面パトカーに近づいた。

美寿々と男は、中ほどに駐《と》めてある黒いジープ・チェロキーの横で立ち止まった。男は先に美寿々をアメリカ製の四輪駆動車の助手席に坐らせてから、ステアリングを握った。遠過ぎて、ナンバープレートは見えない。

百面鬼はクラウンに乗り込み、イグニッションキーを捻《ひね》った。いつものようにシートベルトは使わなかった。

ジープ・チェロキーが走りはじめた。

百面鬼は四輪駆動車がホテルの駐車場の出入口に差しかかってから、覆面パトカーを発進させた。マークした車は六本木通りに出ると、渋谷方面に進んだ。青山通りを直進し、そのまま玉川通りを突っ走った。

東名高速に入るのか。

百面鬼はそう思いながら、慎重にジープ・チェロキーを尾《つ》けた。上馬《かみうま》交差点の先で車間距離を詰め、四輪駆動車のナンバーを読んだ。

百面鬼は手早く端末を操作し、ナンバー照会をした。案《あん》の定《じょう》、ジープ・チェロキーは盗難車だった。およそ半月前に杉並区内で盗まれたようだ。

まともな人間は盗難車など乗り回さない。やはり、爬虫類のような男は怪しく思える。美寿々を山の中にでも連れ込んで、頭をミンチにする気でいるのだろうか。

百面鬼は、女殺し屋を囮にしたことを後悔しはじめた。だが、もう手遅れだ。

やがて、ジープ・チェロキーは東名高速道路に入った。

美寿々は人のいない場所で撃たれることになるのか。そう考えると、たちまち百面鬼は落ち着かなくなった。

サイレンを鳴らして、ジープ・チェロキーを停止させるべきか。しかし、それでは命懸けで囮になった美寿々に申し訳ない。

もうしばらく様子を見ることにした。百面鬼は二つのレーンを使い分けながら、四輪駆動車を追走しつづけた。ジープ・チェロキーは横浜・町田ICを通過すると、海老名《えびな》サービスエリアに入った。

百面鬼もクラウンをサービスエリアに入れ、四輪駆動車から少し離れた場所に停止させた。

美寿々がジープ・チェロキーから降り、トイレに入った。それから三十秒ほど経ったころ、百面鬼の上着の内ポケットで私物の携帯電話が着信音を刻んだ。

百面鬼は懐から携帯電話を取り出し、ディスプレイを見た。発信者は美寿々だった。

「危《ヤバ》いことになりそうだったんで、トイレに逃げ込んだんだな？」

「ううん、そうじゃないの。ユーに連絡をとりたかったんで、このサービスエリアに入ってもらったのよ。例の男は妻木《つまき》と名乗って、わたしに三人の男を殺《や》ってほしいと頭を下げたの」

「妻木って野郎は、そっちが殺し屋《プロ》だって知ってやがったのか？」

「そこまで知ってるかどうかはわからないけど、わたしがＪＫＳ銀行の頭取を誘拐し損なった堀越を始末したことは知ってたわ」

「それじゃ、例の謎の殺人依頼主かもしれないな」

「妻木自身が依頼主《クライアント》だったのかどうかはまだ何とも言えないけど、謎の人物と繋がりはありそうね」

「そうだな。で、三人の標的というのは？」

「マンモス商社の人事部長、労働貴族、歌舞伎町で暗躍してる上海《シャンハイ》マフィアの首領《ドン》の三人よ。殺しの報酬は、ひとりに就き三千万円だって。ただね、正式に依頼をする前にわたしの射撃の腕前をテストさせてほしいと言ってるの」

「そいつは敵の罠《わな》かもしれないぞ。妻木って野郎は、そっちを山ん中に誘い込む気なんじゃないか」

「そして、わたしをシュートする？」

「ああ、おそらくな」

「そうなのかもしれないわね」

美寿々が平然と言った。少しも怯《おび》えてはいない様子だ。

「呑気《のんき》なこと言ってるな。殺《や》られてもいいのかっ。そっちは、トイレから一歩も出るな。おれが妻木を車から引きずり出して、正体を吐かせてやる」

「待って、待ってよ。そんなことをされたら、わたしは自分の決着をつけられなくなっちゃうでしょ! わたしは、内山って男に撃たれそうになったのよ。正体不明の殺人依頼主が内山を雇ったんだったら、それなりの報復をしてやりたいの」

「内山を差し向けた奴はおれが見つけ出して、ぶっ殺してやるよ。だから、そっちはおれの言う通りにしてくれ」

「何度かセックスしたからって、彼氏気取りは迷惑だわ。わたし、自分の身に降りかかってきた火の粉《こ》は自分で払いのける主義なの！」

「気持ちはわかるが、わざわざ命を捨てるような真似をすることはないだろうが！」

「わたしにだって、意地がある。わたしを利用だけして消そうとした奴は、やっぱり赦《ゆる》せない。もう車に戻るわ」

「待てよ！　妻木は、そっちをどこに連れていく気なんだ？」

「行き先は教えてくれなかったわ。射撃のテストに合格したら、その場で一千万円の着手金を払うって言ってた」

「そっちは三人の標的を撃つ気なのか!?」

「殺しを請け負う気はないわ。わたしは自分自身で、正体不明のクライアントを突きとめたいだけよ」

「どうしても、おれの忠告を無視するんだな？」

「ええ、悪いけどね」

百面鬼は確かめた。

「気が強《つえ》えな。ベッドの中じゃ、割に従順なのに」

「女にも矜持《きょうじ》はあるわ。他人《ひと》にコケにされっぱなしじゃ、癪《しゃく》でしょうが？」

「その気持ちはわからあ。そっちがそこまで言うんだったら、おれはもう引き留めないよ」

「ありがとう」

「けど、妻木の話を鵜呑《うの》みにするんじゃないぞ。何か企《たくら》んでそうだからな」

「ええ、わかってる。それじゃ、もうチェロキーに戻るわ」

美寿々が先に電話を切った。百面鬼は携帯電話を懐に戻した。

そのとき、美寿々がトイレから現われた。ほどなく彼女は、四輪駆動車の助手席に腰を沈めた。

妻木という男が本気で美寿々にマンモス商社の人事部長たち三人の男を殺させる気でいるとしたら、『神の使者たち』のメンバーなのかもしれない。謎の武装集団は七人の大物を抹殺している。美寿々が殺しを頼まれたという三人も、ある意味で日本の再生を邪魔していると言える。

ジープ・チェロキーが走りはじめた。百面鬼は口の中で二十まで数えてから、ふたたび尾行を開始した。

妻木の車はハイウェイを高速で走りつづけ、富士ICから西富士道路に入った。富士宮《ふじのみや》市を抜け、富士宮道路をたどりはじめた。この先には確か朝霧《あさぎり》高原がある。

百面鬼は少し減速した。

車の量は少なかった。車間距離を大きく取らないと、妻木に怪しまれてしまうだろう。

ジープ・チェロキーは富士宮道路から国道に入ると、五、六百メートル先を左折した。

東海自然歩道の少し手前に四階建てのコンクリート造りの白い建物が見える。

妻木の車は、その建物の敷地内に消えた。周囲は自然林だった。

百面鬼は覆面パトカーを白い建物の七、八十メートル手前に停め、携帯電話をマナーモードに切り替えた。静かに車を降り、四階建ての白いビルに近づく。

看板には、『友部《ともべ》神経科クリニック』と記されている。院長名も出ていた。友部恭輔《きようすけ》という名だった。妻木が神経科医とは思えない。友部という院長が美寿々に堀越殺しを依頼したのではないか。

百面鬼は通行人を装って、院内の車寄せに目をやった。

ジープ・チェロキーの横には、ブリリアントシルバーのメルセデス・ベンツが駐《と》めてあった。少し離れた場所に、黒いカローラが見える。

正面玄関のあたりは、ひっそりとしていた。ドクターや女性看護師たちの姿は見えない。建物を見上げると、どの窓も象牙《ぞうげ》色のブラインドで塞《ふさ》がれていた。

美寿々は、どの部屋に連れ込まれたのか。

百面鬼は女殺し屋の安否《あんぴ》が気がかりだった。建物を回り込み、裏から敷地内に忍び込む。まだ表は明るい。

百面鬼は中腰で建物に接近しはじめた。

と、一階の端にあるドアが不意に開いた。とっさに百面鬼は、裏庭の植え込みの中に走り入った。

現われたのは妻木と美寿々だった。

蛇のような目をした男は、束ねたブーメランを持っていた。美寿々は、USソーコム・ピストルを手にしている。アメリカの特殊部隊で使われている特殊拳銃だ。ドイツのヘッケラー&コッホ社に特別注文したレーザーエイミング・モジュールを装備したピストルである。四十五口径で、装弾数は十二発だ。銃口は雌《め》ねじになっていて、消音器も装着できる。

「それじゃ、テストを開始させてもらいます」

妻木が言って、建物の真裏の林に体を向けた。

美寿々がUSソーコム・ピストルのナットに消音装置を付け、銃把《グリップ》を両手で保持した。

数秒後、妻木が一つ目のブーメランを林に向かって投げた。

ブーメランが宙を泳ぎはじめた。だが、すぐに美寿々が放った銃弾で撃ち落とされた。

鋭い金属音が反響した。

「おみごとだ。さすが殺し屋《プロ》ですね」

「お世辞はいいから、テストを続行してちょうだい」

「は、はい」

妻木が微苦笑し、二つ目のブーメランを舞わせた。美寿々は狙いを定め、たやすくブーメランを弾き飛ばした。

たてつづけに、追加のブーメランが三個投げられた。美寿々は一つも撃ち損じなかった。

「合格です。パーフェクトとは驚きました。一、二個は外すだろうと思ってたんですがね」

「それほど難しいテストじゃなかったわ」

「頼もしいことをおっしゃる」

妻木がそう言いながら、右手を前に差し出した。美寿々は一瞬ためらったが、USソーコム・ピストルを妻木に返した。

返す振りをして、妻木の腹にでも十一・四ミリ弾を撃ち込んでやればよかったではないか。百面鬼は、じだんだを踏んだ。

「それでは着手金をお支払いして、三人の標的のデータをお渡ししましょう」

「その前に、ちょっといい？」

「なんでしょう？」

「三人のターゲットのことなんだけど、なぜ葬《ほうむ》らなければならないの？」

「詳しいことは明かせませんが、三人とも罪深いことをしたからですよ。マンモス商社の人事部長は会社の言いなりになって、有能な社員千数百人を早期退職に追い込んだんです」

「そう。労働貴族のどこが悪いの？」

「一般労働者の味方であるべきなのに、財界人に袖《そで》の下を使われて二百万人の労働者のベースアップ要求の声を強引に抑《おさ》え込んだんです。その男はブルジョアのような暮らしをしてるんですよ」

「上海マフィアの首領は、日本の治安を乱したから？」

「ええ、その通りです。そいつは同胞を不法入国させてるだけじゃなく、中国大陸から銃器や麻薬を大量に日本に持ち込んでるんですよ。そのため、この国の治安は一段と乱れてしまいました。われわれは、日本をよくするために起《た》ち上がったわけです」

「そういえば、元首相の本橋たち七人が正体不明の武装集団に相次いで射殺されたわよね。一連の事件にあなたも関わってるの？」

美寿々が訊いた。

「その質問には答えられません」

「否定しなかったのは、イエスってことね」

「さあ、どうなんでしょう？」

「ま、いいわ。マンモス商社の人事部長たち三人を始末したがってるのは、この病院の院長なの？　それとも、殺しの依頼人は妻木さんなのかな」

「その質問にも、コメントできません」

「依頼主《クライアント》がはっきりしない仕事は、あまり気乗りしないの」

「とにかく、中に戻りましょう」

妻木がそう言い、美寿々の肩に軽く手を掛けた。

いま飛び出すべきか。それとも、もう少し美寿々に冒険させたほうがいいのだろうか。

百面鬼は迷いはじめた。結論を出す前に妻木と美寿々は建物の中に入ってしまった。

「なんてこった」

百面鬼は十分ほど時間を遣《や》り過ごしてから、妻木たちが出入りしたドアに歩み寄った。

万能鍵を使って、院内に忍び込む。それほど遠くない場所に院長室があった。

百面鬼はあたりに人影がないことを確認してから、院長室のドアに耳を押し当てた。

「引き受けてくださって、ありがとうございます。これは着手金の一千万です。どうぞお収めください」

中年男性の声だった。明らかに妻木とは別人だ。院長の友部だろうか。

「院長は世直しをしようとしてるんですね？」

美寿々の声だ。

「ええ、まあ。このままでは、日本は救いようのない国になってしまいますのでね。法律を破ってでも、〝害虫〟を駆除しなかったら、日本は駄目になるでしょう」

「もう手遅れなんじゃない？」

「きみ、友部先生に喧嘩《けんか》を売ってるのかっ」

妻木が美寿々に絡《から》んだ。

「別にそんな気はないわ。思ったことをストレートに言っただけよ」

「きみはクライアントに楯突《たてつ》いてるんだぞ」

「わたしの態度が気に入らないんだったら、別の殺し屋《プロ》を雇えば？」

「いまさら何を言ってるんだっ」

「妻木君、もういいじゃないか」

友部が窘《たしな》めるような口調で言った。

「は、はい」

「標《しるべ》さんを車で東京まで送ってやってくれないか」

「わかりました」

「いいえ、結構よ。わたし、今夜は朝霧高原のペンションにでも泊まって、明日、東京に戻りますんで」

美寿々が、どちらにともなく言った。と、すぐに友部が口を開いた。

「それでしたら、今夜はここにお泊まりなさい。病室だけではなく、ちゃんとしたゲストルームもあるんですよ」

「せっかくですけど、飛び込みのペンションでのんびりと寛《くつろ》ぎたいんです」

「そういうことでしたら、無理には引き留《と》めません」

「ごめんなさい。このお金、いただいて帰ります」

美寿々がソファから立ち上がる気配が伝わってきた。妻木と友部もソファから腰を浮かせたようだ。

百面鬼は抜き足で院長室から離れ、素早く物陰に隠れた。院長室のドアが開き、美寿々が現われた。青いビニールの手提《てさ》げ袋を持っていた。中身は一千万円の着手金だろう。

妻木と一緒に院長室から出てきた五十一、二歳の男は知的な容貌《ようぼう》で、前髪が白かった。友部院長だろう。

「一週間以内には、標的の三人を仕留めます」

美寿々が妻木たち二人に言い、玄関ロビーに足を向けた。妻木たちは院長室に引き取った。

百面鬼は裏庭に出ると、敷地に隣接している林の中に入った。林道に出て、美寿々を待つ。少し経つと、女殺し屋がやってきた。

「ちょっと鎌をかけてみたんだけど、謎の殺人依頼主が友部かどうかわからなかったわ」

「そうか。院内に平井や内山たち三人が潜んでる様子は？」

「それをチェックする余裕はなかったの」

「ま、いいさ。袋の中には札束が入ってるんだろ？」

「ええ」

「着手金を受け取ったってことは、三人の標的をシュートする気になったんじゃないのか」

「ううん、そんな気はないわ。これは行きがけの駄賃よ」

「騙《だま》したのか。やるじゃないか。とりあえず、車の中で今後の作戦を練ろう」

百面鬼は覆面パトカーを指さした。

3

星が瞬《また》きはじめた。

午後六時過ぎだった。百面鬼は林道から少し奥に停めた覆面パトカーから、枝越しに『友部神経科クリニック』に視線を向けていた。助手席には美寿々が坐っている。

「あと十分経ったら、おれはクリニックに忍び込む」

「わたしも一緒に行くわ」

「それはまずいな」

「どうして？　わたしは元軍人よ。女だからって、軽く見ないでちょうだい。ユーの足手まといになんかならないわ」

「そういうことじゃないんだ。女殺し屋と刑事のおれがグルだってことを敵に知られたくないんだよ。身に危険が迫ったら、おれは警察手帳《パス》をちらつかせようと思ってる」

百面鬼は言った。

「そういうことだったの」

「クリニックの中に平井や内山たち三人がいたら、取り押さえる。いなかったら、友部と妻木を締め上げるよ」

「そう。でも、『友部神経科クリニック』の中には平井たち四人は隠れていないような気がするわ」

「なぜ、そう思う？」

「さっきは友部以外の医者はひとりも見かけなかったけど、病院スタッフがまったくいないとは考えられないでしょ？」

「そうだな」

「それに、入院患者もいると思うの。だから、友部が平井たちを自分のクリニックに匿《かくま》うことはないんじゃない？」

「そうかもしれないが、なんか臭《くせ》えんだよな。刑事の勘ってやつなんだが、平井は何らかの形で『友部神経科クリニック』の院長と繋がってるような気がするんだ」

「友部が平井の黒幕ってこと？」

「その点は何とも言えないが、二人には接点があると睨んだんだ。もしかしたら、友部は平井に頼まれて、内山、折戸、水原の三人にマインドコントロール剤を投与したんじゃないのかな。そっちに話したことがあるかどうか忘れちまったが、内山たち三人が東西銀行新宿支店に押し入ったとき、連中は目の焦点が合ってなかったんだよ」

「それなら、何か薬物を投与されてたんじゃない？　たとえば、アドレナリンやセロトニンの分泌を促進《そくしん》させるようなものね。どちらも気分を高揚させて、アドレナリンのほうは攻撃性や闘争本能を掻《か》き立てるものだから」

「神経科医なら、内山たち三人の心を薬物で操作できるんじゃねえか」

「専門が神経科なんだから、ある程度はできるでしょうね。アメリカのＣＩＡやロシア情報局は精神科医や心理学者の協力を得ながら、精神攪乱《かくらん》剤、人格破壊剤、自白剤の試薬を作りつづけてきたという話よ。真偽を確かめたことはないけど、ＣＩＡは記憶喪失誘発剤の開発に成功したって噂があるの」

「ダブルスパイの疑いのある情報員や内部告発しそうな奴にそういう薬剤《ラングレー》を投与して、国家機密が洩れるのを防いでるわけだ」

「そうなの。それから、バイオチップを脳に埋め込んで、超音波指令装置を使って洗脳してしまう方法の研究も盛んなはずよ」

「友部がそういうコントロールシステムを個人で開発することは可能かな？」

「個人病院のドクターが開発するのは、とても難しいと思うわ。だけど、絶対に不可能とは言えないんじゃないかな。マインドコントロール剤の試薬データはすでに外部に洩れてるみたいだから、そういったものの成分を分析すれば、新開発は可能かもしれないわね」

美寿々が言って、細巻きのアメリカ煙草をくわえた。

そのとき、『友部神経科クリニック』の表玄関から妻木が現われた。彼はジープ・チエロキーに乗り込んだ。

「作戦変更だ。妻木の車を尾行する」

百面鬼は小声で告げた。

「そのほうが早く平井たちの隠れ家がわかりそうね。でも、車間距離をたっぷり取ったほうがいいわ。ひょっとしたら、妻木はこの車で東京から尾《つ》けられてたことに気づいたかもしれないからね」

「そうだな」

「できたら、別の車を調達したいところだけど、こんな山の中じゃ無理ね」

美寿々がヤンキー娘のように大きく肩を竦《すく》めた。

それから間もなく、ジープ・チエロキーが『友部神経科クリニック』から走り出てきた。百面鬼は妻木の車が見えなくなってから、覆面パトカーを発進させた。林道に出ると、はるか遠くに四輪駆動車の尾灯が見えた。

尾行開始だ。

ジープ・チェロキーは国道三〇〇号線に出ると、本栖湖《もとすこ》方面に向かった。対向車はめったに通りかからない。百面鬼は充分に車間距離を取りながら、追走しはじめた。
十五、六分走ると、本栖湖に出た。透明度の高いことで知られた湖が黒々と横たわっていた。
妻木の車は湖岸道路をしばらく進み、本栖ロッジ村の先を右に折れた。近くには標高千二百メートルほどの烏帽子《えぼし》山がある。

百面鬼も覆面パトカーを右折させた。

数百メートル走ると、舗装道路は途切れた。その先は林道で、民家もなかった。

「妻木は尾行に気づいて、わたしたちを山の奥に誘い込もうとしてるんじゃない？」

美寿々が言った。

「そうだとしても、ビビることはないさ。二人とも、丸腰じゃないんだから。ケル・テックP－32には何発装弾してるんだ？」

「七発よ。小口径だから、ちょっと頼りないけどね」

「でも、おれの自動拳銃には八発入ってる。なんとかなるだろう」

「そうね。銃撃戦になったら、敵の武器を奪いましょうよ」

「ああ、そうしよう。けど、そっちは利き腕だけの片手撃ちはしねえほうがいいな。いくら射撃術に長《た》けてても、おれが撃った弾が腕の筋肉と神経を傷つけてしまったから、以前のようには右腕を自在に動かせないはずだ」

「動かせることは動かせるのよ。だけど、縫《ぬ》い目が引き攣《つ》れるの。その分、動きが鈍《にぶ》くなっちゃうのよ」

「くどいようだが、そっちの腕を撃つんじゃなかった。勘弁してくれな」

「もう済んだことよ。それに立場が逆だったら、わたしも撃ってたと思うわ。こないだも言ったけど、わたしは本気でユーをシュートするつもりでいたんだから」

「その話は、もうやめよう。お互いに辛い気持ちになるからな」

「ええ、そうね」

「とにかく、撃つときは両手保持でな。ケル・テックP－32の銃把は小さいから、握りにくいだろうけど」

「片手撃ちはしないわ」

「そのほうがいいな」

百面鬼は口を閉じ、運転に専念した。

ジープ・チェロキーは烏帽子山の麓《ふもと》を十分ほど走ると、広場に停まった。平坦《へいたん》地で、かなり広い。

そこには、三つのトレーラーハウスが並んでいた。ハウスの窓から灯《あか》りが洩《も》れている。人影もちらついていた。妻木が車を降り、手前のトレーラーハウスの中に消えた。百面鬼は覆面パトカーを林道の脇の繁みの中に突っ込んだ。

「ちょっと様子をうかがってくるよ」

「わたしも行くわ」

「偵察が先だ。そっちは、この周りの小枝を折って車の屋根《ルーフ》やボンネットに被《かぶ》せてくれないか」

「わかったわ」

美寿々は幾分、不満顔だった。しかし、文句は言わなかった。

百面鬼は覆面パトカーを降り、トレーラーハウスに接近した。林道側のトレーラーハウスの中には、妻木と戦闘服を着た三十歳前後の男がいた。二人はそれぞれソファとベッドに腰かけている。

戦闘服の男の体軀《たいく》は逞《たくま》しい。現職の自衛官なのか。妻木は相手に何か指示しているようだったが、話の内容までは聞き取れなかった。

百面鬼は横に移動し、真ん中のトレーラーハウスの内部を覗き込んだ。窓にはレースの白いカーテンが掛かっているが、中は丸見えだった。

筋骨隆々とした男が二人いた。どちらも二十代の後半で、上下ともスウェットだった。片方はテレビを観《み》ていた。もうひとりは、カウンターの上で自動拳銃を分解中だった。手馴れた感じだ。

百面鬼は三番目のトレーラーハウスに忍び寄った。レースのカーテン越しに内部をうかがう。

内山、折戸、水原の三人がカードゲームに興《きょう》じていた。ブラックジャックをやっているのだろう。平井はいなかった。どこか別の場所に潜伏しているのか。

百面鬼は奥のトレーラーハウスを離れ、美寿々のいる場所にいったん戻ることにした。広場を出ようとしたとき、暗がりから巨身の大男がぬっと現われた。二メートル近い。

「おまえ、ここで何をしてるんだっ」

「トレーラーハウスが三つも並んでたんで、ちょっと見せてもらってたんだよ。おたく、トレーラーハウスで暮らしてるの？」

百面鬼は問いかけた。

「いちいち答える義務はない」

「義務ときたか。そっちは公務員なんじゃないのか？」

「余計なことを言うなっ」

「図星だったらしいな。もしかしたら、警視庁のＳＰかい？」

「えっ」

大男が狼狽《ろうばい》した。警察関係者なのだろう。

「体格《ガタイ》がいいもんな。ＳＰにぴったりだよ」

「きさま、勝手に決めつけるな。なんか怪しい奴だ。このあたりに民家は一軒もない。おい、何者なんだっ」

「通りがかりの者さ。おれは夜、山の中を散歩するのが好きなんだよ」

百面鬼は言いながら、ショルダーホルスターに手を伸ばした。銃把《グリップ》を握りかけたとき、大男が地を蹴った。

次の瞬間、百面鬼は腹を蹴られた。飛び膝蹴りだった。

百面鬼は体をくの字に折りながら、地べたに尻から落ちた。シグ・ザウエルＰ230Ｊをホルスターから引き抜く。ハンマーを起こそうとしたとき、今度は右の肩口を思うさま蹴られた。不覚にも自動拳銃を落としてしまった。

すぐに百面鬼は自動拳銃を摑んだ。そのとき、大男に手の甲を踏みつけられた。ジャングルブーツの踵《かかと》が左右に振られる。

百面鬼は激痛に耐えながら、左腕で相手の片脚をホールドした。

「きさまーっ」

大男が左足を百面鬼の右手の甲から浮かせた。前蹴りを放つ気らしい。

百面鬼はシグ・ザウエルP230Jを水平に泳がせた。銃把の底が巨身の男の向こう臑《ずね》を撲《う》った。相手が呻《うめ》いて、左脚を縮める。百面鬼は相手の軸足を掬《すく》い上げた。巨身の男が尻餅《しりもち》をつき、達磨《だるま》のように後ろに倒れた。百面鬼は勢いよく立ち上がった。

相手が肘《ひじ》を使って、上体を起こした。百面鬼は大男の顔面を蹴った。鼻柱の軟骨が砕《くだ》けた。相手が体を丸める。

百面鬼は回り込んで、大男の側頭部をキックした。鋭い蹴りだった。

相手が獣じみた唸《うな》り声をあげながら、一段と四肢《しし》を縮めた。

百面鬼は屈《かが》み込み、銃口を大男のこめかみに押し当てた。巨漢が体を強張《こわば》らせる。

「てめえこそ、何者なんでえ？」

「シグ・ザウエルをどかせ！」

「この拳銃がシグ・ザウエルと知ってるってことは、やっぱり警察関係者だな」

「そんなことは一般の民間人も知ってるだろうが」

「そういう喋り方も公務員っぽいな。ＳＰか、機動隊員なんじゃないのかっ。それとも、特殊急襲部隊『ＳＡＴ《サット》』のメンバーなのか？」

「撃ってみろよ。銃声を聞いたとたん、トレーラーハウスから仲間が飛び出してくるぞ」

「だから、なんだってんだ?」

「きさまは蜂《はち》の巣にされる」

「それは、どうかな」

百面鬼は銃口を向けながら、大男を引き起こした。

「撃てるものなら、早く撃てよ」

「その手に乗るか。別の場所で、じっくりと話を聞かせてもらう。歩け!」

「言いなりになるかっ」

大男は足を踏ん張って、歩こうとしない。

百面鬼は相手の脇腹に自動拳銃の銃口を深くめり込ませた。大男が渋々、足を踏み出した。

「『神の使者たち』のメンバーだなっ。平井弓彦は何を企んでやがる?」

「なんの話をしてるんだ!? さっぱりわからない」

「ばっくれる気か。ま、いいさ。すぐに口を割らせてやる」

百面鬼は大男を林道に引きずり出した。

そのとき、背後で複数の足音が響いた。振り向くと、妻木と戦闘服の男が立っていた。

「足立《あだち》、何をしてるんだ？」

戦闘服の男が大男に話しかけた。大男は何かを言いかけて、すぐに口を噤《つぐ》んだ。百面鬼は大男の後ろに回り込んだ。相手を弾除《たまよ》けにしたのである。

「銃口を突きつけられてるんだ」

足立と呼ばれた男が妻木たち二人に言った。二人が顔を見合わせる。

妻木が戦闘服の男に何か指示を与えた。

戦闘服を着た男が発砲してきた。銃声は聞こえなかった。サイレンサー・ピストルを握っているのだろう。大男が胸に被弾し、前屈《まえかが》みになった。ノーガードだ。百面鬼は膝撃《ニーリング・ポジション》ちの姿勢をとって、すぐに撃ち返した。

戦闘服の男が左の太腿を押さえながら、膝から崩れた。

「みんな、出て来てくれーっ」

妻木が大声で仲間たちに呼びかけた。真ん中のトレーラーハウスから、二人の男が飛び出してくる。どちらも短機関銃を手にしていた。

少し遅れて、端のトレーラーハウスから三つの人影が現われた。内山、折戸、水原の三人だった。揃って銃器を手にしていた。暗くて型《タイプ》まではわからない。

一斉《いっせい》に銃弾が放たれた。百面鬼は身を伏せ、二発撃ち返した。しかし、どちらも的《まと》から少し逸《そ》れてしまった。

残弾は六発か。まともに撃ち合っても、勝ち目はなさそうだ。いったん逃げて、奇襲作戦でいくべきだろう。

百面鬼は林道を全速力で駆けはじめた。

百メートルほど走ると、前方からヘッドライトが近づいてきた。目を凝《こ》らす。走ってくるのは覆面パトカーだった。美寿々がさきほどの銃声を耳にし、車を回してくれたのだろう。

クラウンが百面鬼の横に急停止した。やはり、運転席には美寿々が坐っていた。

「気が利くな。惚れ直したよ」

百面鬼は助手席に乗り込んだ。美寿々が急発進させ、フルスピードで広場の前を抜けた。

「五分ほど前進したら、車を逆戻りさせてくれ」

「残弾は?」

「六発だよ」

「ケル・テックP-32の七発をプラスしても、たったの十三発ね。敵の銃器の数はどのくらいなの？」

「少なく見積っても短機関銃が三挺《ちょう》、拳銃は八挺前後だろうな。ゲリラ戦法でいこうや」

「オーケー！」

「最悪な場合は、二人とも殺《や》られることになるかもしれないな。いまなら、オリられるぞ」

「殺されないよう知恵を絞って、反撃しましょう」

「また、惚れ直したよ」

百面鬼は顔を綻《ほころ》ばせた。

中腹近くまで車を走らせると、美寿々は車首の向きを変えた。来た道を逆走する。

百面鬼は広場の手前で覆面パトカーを停めさせた。二人は静かに車を降り、広場に近づいた。

だが、トレーラーハウスは一台も見当たらなかった。ごみの山だけが残されていた。

「まだ遠くには行ってないと思うわ。追いましょう」

美寿々が言った。

百面鬼は大きくうなずき、勢いよく走りはじめた。すぐに美寿々が追いかけてきた。

4

前日は最悪だった。

思い出すだに腹立たしい。百面鬼は職場の自席で、パソコンに向かっていた。警視庁の警護部、各機動隊、『SAT』のメンバーを検索してみたが、妻木の名はついに出てこなかった。足立という大男の氏名も名簿には載っていなかった。

男たちは全員、偽名を使っているのか。それとも、自衛隊関係者なのだろうか。

百面鬼は溜息《ためいき》をついて、冷めた緑茶を啜《すす》った。

昨夜、彼は美寿々と烏帽子山周辺を覆面パトカーで走り回ってみた。しかし、とうとうトレーラーハウスは見つからなかった。

やむなく二人は、『友部神経科クリニック』に引き返した。

百面鬼は美寿々を覆面パトカーに残し、友部との面会を求めた。刑事であることを明かしても、友部は少しもうろたえなかった。それどころか、妻木という男とは一面識もないと空とぼけた。

百面鬼はいったんクラウンに戻り、よっぽど美寿々と友部を引き合わせようとした。

だが、そんなことをしたら、女殺し屋は敵に命を狙われるにちがいない。むろん、一千万円の着手金も取り返されることになるだろう。

百面鬼はそう考え、任意で院内を家宅捜索させてもらった。友部院長は快諾《かいだく》し、自ら案内に立った。

一階には診療室、事務室、院長室などがあり、二階に手術室と集中治療室が設けられていた。同じ階の端に、友部のベッドルームとゲストルームがあった。院長の自宅は都内にあるが、当人は三年以上も前から院内で暮らしているという話だった。

三階と四階の半分は、入院患者の病室になっていた。いずれも個室で、開放的な造りだった。ただ、全室が外から解錠できるシステムになっている。

九人の男女が入院中だという話だったが、さすがに彼らには会わせてもらえなかった。地下には機械室と備品室があるだけで、秘密めいた小部屋はなかった。

百面鬼は友部を締め上げたい衝動を抑《おさ》え、美寿々の待つ車に戻った。経過を伝えると、美寿々は友部を痛めつけるべきだと主張した。しかし、惚れた女を巻き添えにするわけにはいかない。こうして二人は、東京に引き揚げてきたのだ。

百面鬼は一服すると、左手首のオーデマ・ピゲを見た。午後五時を数分過ぎていた。

こんな所にいつまでいても仕方ない。久乃のマンションに戻ることにした。百面鬼は椅子から立ち上がった。

　すると、課長の鴨下が遠慮がちに話しかけてきた。

「百面鬼君、いや、百面鬼さん、ちょっとこちらに来てもらえるかな」

「小遣いでもくれるの？」

　百面鬼は茶化して、鴨下の席に向かった。

　居合わせた三人の同僚刑事が、ほぼ同時に顔をしかめた。したい放題のことをしている百面鬼の存在を心底《しんそこ》、苦々しく感じているのだろう。

「呼びつけたりして申し訳ありません」

　鴨下が恐縮してみせた。

「おれに何か？」

「消費者金融大手『ヤマフジ』の佐伯靖夫《さえきやすお》社長が二時間ほど前に、黒いフェイスマスクを被った三人の男に新宿区内で拉致されたんですよ」

「ふうん。『ヤマフジ』はボロ儲《もう》けしてるから、あちこちで恨みを買ってるんだろう」

「そうだろうね。いや、そうでしょうね。最近、神戸連合会系の金融会社が『ヤマフジ』の客をごっそり横奪りしたらしいんですよ。それで佐伯社長は用心棒《ケツモチ》の関東やくざの大親分に頼んで、神戸に抗議してもらったようなんです」

「それに腹を立てた関西の最大勢力が佐伯社長を引っさらった？」

「わたしは、そう筋を読んでるんですよ。百面鬼さん、そのあたりの情報を知りませんか？」

「いや、何も知らねえな。課長の筋読み通りだとしたら、神戸連合会は東に戦争を仕掛けたことになる。どの組織も上納金の集まりが悪くなってるから、裏社会の紳士協定なんか守ってられないって気持ちになったのか」

「ええ、遣《シ》り繰《ノ》り《ギ》が厳しくなってますんでね。下っ端の組員たちは医者から偽の診断書を貰《もら》って、生活保護を受けてる有様なんです」

「そうだってな。けど、西が東ともろにぶつかってもメリットはない。関東やくざにも面子《メンツ》があるから、いざとなったら、西と死闘を繰り広げるだろう。そうなりゃ、双方ともダメージを受けることになる。こんな不景気なときに、どっちも損なことはしないんじゃないのか」

「そう言われると、その通りなんでしょうね」

「『ヤマフジ』の社長を拉致した奴らは、身代金を要求してるの？」

「いいえ、そういう情報は入ってきてません。水面下で、犯人グループが身代金を要求してるかもしれませんがね」

「そいつは充分に考えられるな。ただ、神戸連合会が絵図を画《か》いたんなら、身代金なんか要求しないで、佐伯の命奪《タマと》るだろう」

百面鬼は言った。

「でしょうね。百面鬼さん、もし時間の都合がついたら、『ヤマフジ』社長拉致事件の捜査に加わっていただけないでしょうか」

「おれが職務にタッチしたら、職場の連中はやりにくくなるんじゃねえの？　なにしろ、こっちは同僚たちにも嫌われてるからね」

「独歩行《どっぽこう》でもかまいません」

「よっぽど人手が足りないみたいだな」

「百面鬼さん、僻《ひが》まないでくださいよ。きみは、いいえ、あなたは優秀な刑事だから……」

「課長、そこまで言うと、いかにも嘘っぽいぜ」

「そうですかね。わたしは、百面鬼さんは名刑事だと思ってるんですよ。少々、性格は荒っぽいですけどね。あっ、失礼なことを言ってしまいました。どうかご勘弁を！」

鴨下が額に冷や汗をにじませた。

『ヤマフジ』の社長を連れ去った三人組は、黒いフェイスマスクを被っていたという話だった。一連の支店長惨殺事件の犯人グループかもしれない。百面鬼は、少し探りを入れてみる気になった。

「どうでしょう？」

「確か佐伯の自宅は、下落合《しもおちあい》二丁目にあるんだったよな」

百面鬼は確かめた。

「ええ、そうです。料亭のような豪奢《ごうしゃ》な和風住宅ですので、すぐにわかるでしょう。捜査チームに加わっていただけるんですか？」

「ちょっと様子を見るだけなら、動いてもいいよ。佐伯邸には、うちの連中が何人行ってるのかな」

「道岡《みちおか》君と小笠原《おがさわら》君の二人が逆探知の用意をして、犯人からの連絡を待っているはずです」

鴨下が答えた。道岡と小笠原は、ともに三十代の半《なか》ばだった。

「それじゃ、佐伯の自宅に行ってみるよ」

百面鬼は課長に背を向け、刑事課を出た。

専用の覆面パトカーで下落合に向かう。十分そこそこで、佐伯邸に着いた。広い車寄せにクラウンを停める。インターフォンを鳴らすと、五十歳前後の着飾った女が応対に現われた。社長の妻だった。百面鬼は素姓を明かし、警察手帳も見せた。社長夫人に導かれ、二十五畳ほどの応接間に入る。

総革張りの応接ソファに腰かけた二人の同僚が困惑顔になった。一拍置いてから、道岡が話しかけてきた。

「百面鬼さんが、どうしてここに⁉」

「課長に言われて、ちょっと様子を見に来ただけだ。犯人《ホシ》は、まだ何も言ってこねえんだな？」

「ええ」

「佐伯社長が拉致されたときのことを詳しく教えてくれねえか」

百面鬼は言って、道岡の斜め前のソファに腰を沈めた。左横には、縁なし眼鏡をかけた小笠原が坐っている。

「ただいま、お茶をお持ちします」

社長夫人が百面鬼に言って、応接間から出ていった。道岡と小笠原が短く顔を見合わせた。

「自分が説明します」

小笠原が言った。百面鬼は目顔で促した。

「佐伯氏は三時五分前に商談を終えて、河田町《かわだちょう》のオフィスビルの前でお抱え運転手がロールス・ロイスを回すのを待ってたんです。そのとき、黒いフェイスマスクで顔を隠した二人の男が佐伯社長に急に接近し、拳銃で威《おど》したようです。仲間のひとりはワンボックスカーで待機していました。佐伯氏は、その車に押し込まれたんですよ。一瞬の出来事だったそうです」

「車種は？」

「薄茶のエルグランドです。ナンバープレートの数字は、黒いビニールテープで隠されていました」

「三人の人相着衣《ニンチャク》は？」

「目撃証言によると、三人とも黒っぽい綿ブルゾンを着てたというんです。下も黒っぽいチノパンだったそうです」

「ヤー公っぽかったのか？」

「そこまではわかりませんが、三人とも体格《ガタイ》はよかったそうです。それから、動作もきびきびとしてたというんですよ」

「凶器は？」

百面鬼は矢継《やつ》ぎ早に訊いた。

「自動拳銃だったことは間違いないんですが、まだ型《タイプ》は断定できていません」

「そうか。奥さんや社員たちの聞き込みは終わってるな？」

「ええ」

「佐伯社長が仕事のことで何かトラブルを起こしてたなんてことは？」

「そういうことはなかったそうです。ただ、佐伯氏は神戸連合会の息のかかった金融会社が関東に進出して、『ヤマフジ』の顧客を奪ってることをぼやいてたというんですよ」

「ここか会社に脅迫電話がかかってきたことは？」

「そういうことは一度もなかったそうです。課長は、関西の最大勢力が事件に絡んでるのかもしれないと言っていましたが……」

「おれにも同じことを言ってたよ。けど、その線は薄いんじゃねえのか。『ヤマフジ』は大手商社に迫る年商を上げてるから、おそらく営利目的の誘拐事件だろう」

「そうなんでしょうか」

小笠原がコーヒーテーブルに目を落とした。卓上にはファッション電話機と逆探知用の機器が置かれている。

百面鬼は葉煙草《シガリロ》に火を点けた。

ふた口ほど啜《す》いつけたとき、社長夫人が応接間に戻ってきた。

鎌倉彫りの盆には、日本茶と和菓子が載《の》っていた。社長夫人は百面鬼に茶を勧めると、予備の円椅子《まるいす》に腰かけた。香水の匂いが強い。百面鬼は、むせそうになった。

「夫は金融業で成功しましたが、お客さんを泣かすような商売はしてこなかったはずです。ずっと法定金利を守ってきましたし、強引な取り立てもしていないでしょう」

「そうだとしても、成功者はやっかまれるもんなんだよな」

百面鬼は呟いた。

「どうして他人の成功を妬《ねた》むんでしょう？　佐伯がそういう人たちに何か迷惑をかけたわけじゃないのに」

「競争社会だから、多くの連中が勝ち負けに拘《こだわ》っちゃうんだろうな。だから、誰かが名声や富を得たりすると、なんとなく面白くないんだろう。いわゆる勝ち組が輝いて見えるんだろうね。それに引き替え、自分の人生には少しも華《はな》がない。平凡で、なんとなくくすんで見える。将来も明るくない。だから、他人《ひと》がハッピーになるのが腹立たしくなるんじゃないかな」

「夫は、佐伯は血のにじむような努力をして、人の何倍も働いてきたんです。リッチな家に生まれ育って、のうのうと生きてきたわけではありません。多少の富を得たからって、他人に妬まれたら、たまらないわ」

佐伯夫人が言い募《つの》った。

「奥さん、他人はいつも口さがないことを言うもんですよ。妙な噂を立てられたり、やっかまれても平然としてりゃいいんだ」

「そうなんですけど、夫にこんなひどいことをしなくたって……」

「犯人は必ず捕まえます。なあ？」

百面鬼は、道岡と小笠原に同意を求めた。二人の同僚が相槌《あいづち》を打つ。

そのすぐ後、電話機が鳴った。社長夫人が全身を強張《こわば》らせ、震える手で受話器を取り上げようとした。

道岡がそれを手で制し、素早くレシーバーを耳に当てた。小笠原が録音スイッチを押し込んでから、佐伯夫人に受話器を取らせた。

数秒後、彼女のたるんだ頬《ほお》が引き攣《つ》った。犯人グループからの電話にちがいない。

遣《や》り取りは短かった。佐伯夫人は一分も受話器を握っていなかった。

「どうだ？」

百面鬼は小笠原に顔を向けた。

「残念ながら、逆探知はできませんでした。相手は男でしたが、ボイス・チェンジャーを使ってるようでした」

「録音音声を再生してみてくれ」

「はい」

小笠原がてきぱきと指示通りに動いた。

ほどなくレコーダーから、男女の音声が響いてきた。


――佐伯でございます。

――旦那を預かってる者だ。

――夫は無事なんですね？　佐伯を電話口に出して！　主人と直《じか》に話したいんです。

――それはできない。しかし、元気だよ。すぐそばにいる。身代金百億円を用意しておけ。

――そ、そんな大金はとても用意できません。一億か二億なら、なんとか現金で揃《そろ》えられますけど。

――駄目だっ。身代金は百億円だ。要求を呑《の》まなかったら、佐伯は死ぬことになるぞ。

――お願い、殺さないで！

――また連絡する。

電話を切る音がして、男の声が熄《や》んだ。

「やっぱり、営利目的の誘拐だったな」

百面鬼は道岡に言った。

「ええ。それにしても、百億円の身代金を寄越《よこ》せだなんて、正気なんですかね。そんな巨額をどういう方法で受け取る気なんだろうか。現金の受け渡しは考えられないし、小切手だって……」

「何か犯人どもには秘策があるんだろう。その録音音声を鑑識に回せや。何か手がかりを得られるかもしれねえからな」

「わかりました」

道岡が小さくうなずいた。そのとき、佐伯夫人が誰にともなく言った。

「わたしはどうすればいいの!? どなたか教えてください」

「身代金は、どのくらい出せそうです？」

百面鬼は訊いた。

「わたし、お金のことはよくわからないんですよ。でも、多分、二、三十億円なら、なんとか工面《くめん》できると思います」

「それじゃ、犯人側から連絡があったら、そのことを正直に言ったほうがいいな」

「だけど、先方は百億円も要求してるんですよ。数十億円じゃ、納得してくれないんではありませんか？　夫が殺されることになったら、わたし……」

佐伯夫人がコーヒーテーブルに突っ伏して、幼女のように泣きはじめた。

「後は頼まあ」

百面鬼は二人の同僚に言って、ソファから立ち上がった。道岡と小笠原は急に表情を明るませた。自分は、よほど嫌われているらしい。

百面鬼は苦く笑って、応接間を出た。

車寄せに駐《と》めたクラウンの運転席に坐ったとき、相棒の見城から電話がかかってきた。

「少し前に平井の自宅のそばから七海が置いた自動録音機付き受信装置を回収して、テープを聴いたんだ」

「平井は妻に電話して、居所を教えたみてえだな」

「そうなんだ。平井は、平林雅彦《ひらばやしまさひこ》という偽名で港区白金《しろかね》の東都《とうと》ホテルの九〇一号室に泊まってた。おれは平井の知人を装って、東都ホテルに電話してみたんだ。電話を九〇一号室に回してもらったら、若い女が受話器を取った」

「どうやら平井は愛人《レコ》と一緒に泊まってるらしいな」

「こっちも、そう直感したんだ。百さん、いま、どこにいるの？」

「下落合だよ。『ヤマフジ』の佐伯って社長が黒いフェイスマスクを被った三人組に午後三時前に出先で誘拐されて、百億の身代金を要求されてるんだ」

百面鬼は詳しい話をした。

「その三人組は、銀行の支店長を四人も惨殺した連中じゃないのかな」

「おれも、そう睨《にら》んだんだ。けど、まだわからねえな。それから話が前後するが、昨夜、美寿々と朝霧高原に行ってきた。といっても、遊びじゃないぜ」

「何か手がかりを得たようだね？」

見城が言った。百面鬼は前夜のことを順序だてて話した。

「その友部って神経科医が内山たち三人をマインドコントロールしてるんじゃないのかな」

「おれもそう思ったんで、任意でクリニック内を捜索させてもらったんだ。けど、人心操作をやってた痕跡《こんせき》は見られなかったな」

「妻木って奴がトレーラーハウスごと逃走する前に友部に電話をして、百さんのことを報告したんじゃない？」

「それは考えられるな。で、友部はおれが病院を訪ねる前に都合の悪い物をすべてどこかに隠しやがったのか」

「おそらく、そうなんだろうね。それはそうと、百さん、一緒に平井を締め上げに行こうよ」

「ああ。七時半に東都ホテルのロビーで落ち合えそうか？」

「大丈夫だよ。それじゃ、その時刻に会おう」

見城が電話を切った。

百面鬼は携帯電話を懐に突っ込み、エンジンキーを差し込んだ。

第四章　身代金の行方

1

廊下に人影は見当たらない。

目の届く場所にも、防犯カメラはなかった。白金にある東都ホテルの九階だ。

百面鬼は上着のポケットから万能鍵を抓《つま》み出した。すかさず見城がエレベーターホールに背を向け、目隠しになる。その動きは速かった。

百面鬼は九〇一号室のドア・ロックを外した。ほとんど音はたてなかった。

午後七時三十六分だった。偽名で投宿している平井は、部屋にいるだろうか。

百面鬼は先に九〇一号室に入った。

控えの間付きのツイン・ベッドルームだった。百面鬼はシグ・ザウエルＰ230Ｊの銃把《グリップ》を握りながら、部屋の奥に進んだ。

照明は煌々《こうこう》と点いていたが、誰もいなかった。平井は一階のグリルで夕食を摂《と》っているのか。

寝室から控えの間に戻ると、見城が無言でバスルームを指さした。どうやら平井は入浴中らしい。百面鬼はバスルームの前に立ち、ドアに耳を近づけた。女のハミングが聴こえる。

ドアの内錠は掛けられていない。

百面鬼はバスルームに入った。手前に洗面台があり、その向こうに洋式便座が見える。シャワーカーテンで塞《ふさ》がれ、バスタブは見えない。湯気が籠《こも》っていた。

百面鬼はシャワーカーテンを一気に横に払った。浴槽の中にいる女が驚きの声を洩らした。バスタブから白い泡が零《こぼ》れかけていた。

女は二十二、三歳だろうか。卵形の顔で、目鼻立ちは整っている。だが、利発そうではない。

「騒ぐと、こいつを使うことになるぞ」

百面鬼はショルダーホルスターから自動拳銃を引き抜き、全裸の女に銃口を向けた。

「そ、それ、モデルガンよね？」

「こいつは真正銃《しんせいじゅう》だ。なんなら、試しに一発撃ってやろうか。え？」

「やめて、やめてよ」

「この部屋にチェックインしたのは平井弓彦だなっ。平林雅彦という名を騙《かた》ってるようだが……」

「あなた、どこかのやくざなんでしょ」

「自己紹介は省《はぶ》かせてもらう。そっちは平井の愛人だな」

「ま、そういうことになるんでしょうね。ここは平井パパのお部屋なの」

「名前は？」

「新谷《しんたに》恵理香《えりか》よ」

「平井はどこにいる？」

「知らないわ。十五分ぐらい前に、ちょっと出かけてくると言って、ここから出ていったの」

「それじゃ、待たせてもらおう」

「パパをどうする気なの？」

恵理香が震えを帯びた声で訊《き》いた。

「そっちには関係ないだろうが！」

「でも……」

「バスタブから出てくれ」

「わたしをどうする気なの？」

「いいから、言われた通りにするんだっ」

百面鬼はサングラスのフレームに指を添え、目に凄《すご》みを溜《た》めた。

恵理香は気圧《けお》されたようで、発条《ばね》仕掛けの人形のようにぎこちない動きで立ち上がった。

シャワーヘッドをフックから外し、手早く体の白い泡を洗い落とす。

肉体は熟《う》れていた。乳房はたわわに実り、重たげだ。ウエストのくびれが驚くほど深い。

百面鬼は少し退《さ》がって、純白のバスタオルを摑《つか》んだ。

それを恵理香に投げる。恵理香は上手に受け、濡れた裸身を拭いはじめた。

「そのまま、バスタブから出るんだ」

「えっ!?　バスローブを着てもいいでしょ？　いくらなんでも、素っ裸じゃ恥ずかしいわ」

「命令には従えないってわけか」

百面鬼はシグ・ザウエルＰ230Ｊの安全装置を外した。

恵理香が焦《あせ》って胸高《むなだか》にバスタオルを巻きつけ、浴槽を離れる。百面鬼は先にバスルームを出た。恵理香は見城の姿に気づくと、さらに不安げな表情になった。

百面鬼は恵理香を寝室に連れ込み、窓寄りのベッドに横たわらせた。仰向《あおむ》けだった。

「あなたたちは、パパに何か恨みがあるみたいね？」

「余計な口はきくな。そっちは、おれの質問に答えりゃいいんだ。わかったなっ」

「え、ええ」

「『平井紙業』で働いてる内山繁って奴のことをパトロンから聞いたことは？」

「その内山って彼、元コンピューター・エンジニアよね？」

「そうだ」

「会ったことはないけど、パパから傷害の前科があるって話を聞いたことはあるわ」

「折戸健次と水原敏男のことは？」

「その二人については何も聞いてない。その三人がどうしたの？」

恵理香が問いかけてきた。

「平井は内山たち三人に命じて東西銀行新宿支店の支店長を拉致《らち》させ、身代金をせしめようとした。けど、銀行の頭取は要求を突っ撥《ぱ》ねた。平井は腹を立てて、須貝という支店長を内山たちに殺《や》らせたんだよ」

「そんな話、信じられないわ。だって、パパは前科のある男たちの更生に力を貸して、保護司もしてるのよ。要するに、善人よね」

「そっちのパトロンは偽善者なんだよ。平井とはどういう経緯で知り合って、奴の愛人になったんだ？」

「わたし、短大の一年生のとき、薬物にハマっちゃったの。覚醒剤《スピード》には手を出さなかったんだけど、コカインとか大麻なんかをね。それで、警察に捕まっちゃったわけ。狛江《こまえ》にある女子少年院に送られて保護観察処分になったとき、平井パパがわたしの担当保護司になったのよ」

「それから？」

「パパの紹介でケーキ屋の店員なんかをやってたんだけど、職場での人間関係がうまくいかなくて、結局、無職になっちゃったの。で、またドラッグをやるようになったとき、弾みでパパとセックスしちゃったのよ。パパは、わたしが危なっかしくて心配だからって、お手当をくれるようになったの」

「保護観察中の女の子をナニしちゃう男が善人だと!? そっちは甘いな。平井は善人ぶってるが、その素顔は小悪党なんだ。奴はホームレス・シェルターの実質的なオーナーで、宿なしたちが貰《もら》ってる生活保護費をほぼ吸い上げてる。それから、恐喝もやってた」

「ま、まさか!?」

「それだけじゃない。平井は『神の使者たち』という謎の武装集団を操ってる疑いがあるんだ。メガバンクの支店長を四人も惨殺させたり、元首相など七人の大物を射殺させたみたいなんだよ。一種の世直しをしてるように映るが、裏で平井は何か企《たくら》んでるんだろう。それに奴には誰か黒幕がいるようなんだ」

「黒幕？」

「そう。そっちは、平井から妻木って男のことを聞いたことはあるか？」

百面鬼は問いかけた。

「ううん、一度もないわ」

「友部恭輔って名前を聞いた記憶は？」

「あるわ。その友部って男性《ひと》は、神経科のお医者さんでしょ？」

「そうだ」

「確かドクター友部は、平井パパのお母さんの姉の息子よ。つまり、パパの従兄《いとこ》よね。ドクター友部は防衛省の医官をやってから、自分のクリニックを朝霧高原に開いたって話だったわ。そういえば、平井パパも陸上自衛隊にいたのよね」

恵理香が口を結んだ。

友部は昔、防衛省で医官をやっていたのか。その影響で、平井は陸自に入ったのかもしれない。首謀者は友部なのか。友部と平井が本気で世直しする気でいるとは思えなかった。二人の目的が読めない。

百面鬼は唸った。

そのすぐ後、九〇一号室のドアにカードキーが差し込まれた。かすかな音だったが、間違いはない。平井が部屋に戻ったのだろう。

「その娘《こ》の口を塞いでてくれ」

百面鬼は見城に言って、寝室を走り出た。抜き足で進み、ドアの横の壁にへばりつく。

数秒後、部屋のドアが開けられた。ドアの陰にいる百面鬼には、まだ相手の姿は見えない。ドアが動いた。

やはり、平井だった。百面鬼は銃口を平井の脇腹に押し当て、足で部屋のドアを閉めた。

「あなたは確か新宿署の刑事さんでしたよね？　えーと、お名前は……」

「猿芝居はやめな。寝室にそっちの愛人《レコ》がいる、バスタオル一枚だけの恰好《かっこう》でな」

「わたしには愛人なんかいませんよ」

「新谷恵理香がもう口を割ったんだ。無駄な遣り取りはやめようや」

「なんてことだ」

平井が溜息をついた。百面鬼は平井の背後に回って、無言で肩を押した。平井が観念し、歩きはじめた。

二人が寝室に入ると、見城が恵理香の口許《くちもと》から手を浮かせた。

「パパ、怖いよ。なんとかして！」

恵理香が訴えた。平井は口を開きかけたが、何も言葉は発しなかった。

百面鬼は、平井を床にひざまずかせた。ベッドサイドだった。

「両手を頭の上で重ねろ」

「これは、いったいどういうことなんだっ」

平井が命令に従いながらも、憤《いきどお》りを露《あらわ》にした。

「保護司の先生も、けっこう悪党《ワル》だな」

「何が言いたいんだ？」

「ホームレスたちを喰いものにしてまで、おたく、銭《ぜに》が欲しいのかっ」

「話が呑み込めないな」

「おたくが、ホームレス・シェルター『オアシス』の真のオーナーだってことはわかってるんだ。ダミー経営者の岩間誠悟と何かトラブルがあったらしいな。で、つい逆上し、岩間を芝浦運河から突き落として溺死《できし》させた。そうなんだろ？」

「岩間なんて男は知らない」

「とぼけやがって。こっちは、おたくが千駄木の『オアシス』の事務室で岩間の妻と密談してたこともわかってるんだ。旦那の代わりに、奥さんにダミーの経営者になってくれって頼み込んでたんだろうが？」

「なんの話か、さっぱりわからないな」

「まだ粘る気か。岩間は、知り合いのロリコンクラブ経営者の事務所で客の名簿をこっそり撮った。そして、小学校高学年や中学生の女の子たちを買ったロリコン男たちから二百万ずつ口止め料を脅し取った。口止め料の集金をしたのは、井手章雄という元ホームレスのおっさんだ。おたくは岩間の悪事を嗅ぎつけて、口止め料をそっくり脅し取ったんだろうが？　岩間が反撃しそうになったんで、殺しちまった。そうなんだろっ」

百面鬼は声を張った。平井は、口を真一文字《まいちもんじ》に引き結んだままだった。

「ちょいと高度なフィンガーテクニックを披露《ひろう》してくれねえか」

百面鬼が相棒に声をかけた。

見城がにやつきながら、ベッドに歩み寄った。恵理香が全身を竦《すく》ませる。

「楽にして、楽にして。痛い思いはさせないから、安心していいよ」

見城がベッドに浅く腰かけ、両手で恵理香のバスタオルを押し拡《ひろ》げた。優しい手つきだった。

「わたしをレイプするつもり⁉」

恵理香が掠《かす》れ声を洩《も》らした。

「そんな野蛮な男じゃないよ、おれは」

「でも、バスタオルをはだけさせたじゃないのっ。変なことを考えてるんでしょ？」

「きみの官能を煽《あお》るだけだ」

見城がそう言い、右手の人差し指を恵理香のセクシーな唇に押し当てた。

恵理香は目を大きく見開き、じっと動かない。まるで魔法をかけられたようだ。相棒の何かに惹《ひ》かれたのか。見城は指先で恵理香の項《うなじ》、耳の裏、鎖骨《さこつ》のくぼみをなぞると、二本の指で乳首を交互に揉んだ。すぐに恵理香がなまめかしい呻《うめ》き声をあげた。

「おい、何をしてるんだっ。おかしなことはやめろ！」

平井が見城を大声で詰《なじ》った。

百面鬼は、シグ・ザウエルＰ230Ｊの銃口を平井の側頭部に突きつけた。平井が目を伏せる。いつの間にか、見城は恵理香の乳首を口に含んでいた。片手でもう一方の乳房をまさぐり、別の手で柔肌を撫《な》で回している。

「もうやめて。そんなふうに上手に愛撫《あいぶ》されたら、わたし、感じちゃうじゃないの」

恵理香が喘《あえ》ぎながら、見城に言った。しかし、決して迷惑顔ではなかった。

「おれの相棒は、前戯で相手を何回もイカせちゃうテクニシャンなんだよ。おたくの目の前で愛人が何度もエクスタシーに達したら、かなり傷つくだろうな。男としちゃ、最大の屈辱だからな」

百面鬼は平井に顔を向けた。

「変なことはやめさせてくれ」

「素直に白状する気になったか？」

「白状しろと言われても、知らないものは答えようがないじゃないか」

平井が弱々しく言った。

次の瞬間、見城の右手が恵理香の股の間に滑り込んだ。といっても、指先は秘めやかな場所には伸びなかった。見城は恵理香の内腿に繰り返し指を滑らせ、五指で和毛《にこげ》を梳《す》きつづける。得意の焦《じ》らしのテクニックだ。

「こんなの、すごく残酷だわ。もういじめないで」

恵理香が哀願口調で言って、切なげに腰を迫《せ》り上げた。見城はそれを無視して、恵理香の唇を封じた。

「キスなんかするな。おい、恵理香の唇なんか吸いつけるんじゃないっ」

平井が見城に怒声を浴びせた。そのとき、恵理香が喉を鳴らしながら、見城と舌を絡めた。

「恵理香、恩を忘れたのか！」

平井は愛人を咎《とが》めた。

見城がディープキスを交わしながら、五本の指を動かしはじめた。陰核《クリトリス》、小陰唇《しょういんしん》、膣《ちつ》、会陰部《えいんぶ》、肛門《アヌス》を同時に愛撫している。百面鬼は相棒のフィンガーテクニックに舌を巻いた。

少し経つと、恵理香の性器から湿った音が立ち昇りはじめた。愛液の音だ。

見城が顔をずらした。ほとんど同時に、恵理香の口から淫蕩《いんとう》な呻きが洩れた。

「おたくの彼女は、たてつづけに三回はイッちゃうだろうな。それでも、まだ粘る気かい？」

百面鬼は平井に問いかけた。

「もう見ていられない。相棒を早く恵理香から離れさせてくれ」

「やっと自白《ウタ》う気になったらしいな」

「ああ、喋《しやべ》るよ。その前に、トイレに行かせてくれないか。ずっと小便を堪《こら》えてたんだ」

「いいだろう。ゆっくりと立ちな」

「わかったよ」

平井が立ち上がった。

百面鬼は数歩退《さ》がった。そのとき、平井が闘牛のように頭から突っ込んできた。予想もしなかった反撃だ。百面鬼は鳩尾《みぞおち》に頭突きを喰らい、思わずよろけてしまった。

その隙《すき》に、平井が寝室を飛び出した。気配で、見城が愛撫を中断させる。

「そっちはここにいてくれ」

百面鬼は見城に言って、平井を追った。

平井は九〇一号室を出ると、エレベーターホールとは逆方向に走りだした。廊下の突き当たりは非常口になっていた。

平井が緊急時用のボタンを押し、非常階段の踊り場に出た。

「待ちやがれ！」

百面鬼も非常口から飛び出した。早くも平井は六階の途中まで下っていた。

「止まらないと、撃つぞ」

百面鬼は階段を駆け降りながら、大声を張り上げた。

しかし、平井は命令には従わなかった。そのままステップを下りつづけた。百面鬼は懸命に追った。平井が短い呻きを発したのは三階の途中だった。彼は左胸を押さえながら、前屈《まえかが》みに階段下の踊り場まで転げ落ちた。

銃声は聞こえなかったが、被弾したことは明白だった。百面鬼はステップの上で屈み込み、眼下に目をやった。

すると、一階と二階の間の踊り場に妻木がいた。USソーコム・ピストルを握っている。

「てめえが平井を撃ちやがったんだな」

百面鬼は自動拳銃を両手保持で構えた。

そのとき、妻木が先に発砲した。銃口炎《マズル・フラッシュ》は点のように小さかった。発射音は消音器に吸い取られ、ほとんど聞こえなかった。

放たれた銃弾は鉄骨階段の手摺《てすり》に当たり、跳弾《ちょうだん》が百面鬼の肩の上を抜けていった。

百面鬼は引き金に人差し指を深く巻きつけた。

ちょうどそのとき、妻木が身を翻《ひるがえ》した。そのまま非常階段を駆け降り、夜陰《やいん》に紛《まぎ》れた。

百面鬼は二階と三階の間の踊り場まで下った。

平井は俯《うつぶ》せに倒れていた。百面鬼は呼びかけてみた。だが、返事はなかった。

百面鬼はしゃがんで、平井の頸動脈《けいどうみゃく》に触れた。脈動は伝わってこない。

おそらく友部恭輔が保身のため、従弟の平井を妻木に始末させたのだろう。汚い男だ。

百面鬼は立ち上がり、非常階段を上がりはじめた。

2

ひときわ目立つ豪邸だった。

友部の自宅である。世田谷区用賀《ようが》の閑静な住宅街の一角だ。

百面鬼は友部邸の前を通り抜け、三十メートルほど先に駐《と》めてある覆面パトカーに戻った。平井が殺された翌日の午後五時過ぎだ。目黒にある平井の自宅には、相棒の見城が張りついている。

友部は、従弟の平井の仮通夜に顔を出すにちがいない。その前にいったん自分の家に寄るだろう。

百面鬼はそう判断し、ここにやってきたのである。平井の遺体は正午過ぎに司法解剖された、すでに亡骸《なきがら》は自宅に搬送《はんそう》されていた。やはり、凶器はUSソーコム・ピストルだった。

平井は心臓部を撃たれていた。犯人の妻木は射撃の名手と言ってもいいだろう。動く人間の心臓部を撃つことは、きわめて難しい。

妻木は陸自レンジャー部隊の教官か、助教《じよきよう》なのではないか。

百面鬼は懐から刑事用携帯電話《ポリスモード》を取り出し、警視庁の郷刑事に連絡を取った。

「また、内職させてやるよ」

「そいつはありがたい話だが、まだ前回の謝礼を貰ってないぞ」

「わかってらあ。きょうの分と一緒に払ってやる。きょうの礼は三万だな」

「たったの三万か」

「簡単な頼みなんだから、三万でも文句は言わせないぜ」

「何を調べろっていうんだ？」

郷が訊いた。

「陸上自衛隊のレンジャー部隊関係者に妻木という名の男がいるかどうか調べてくれ。年齢は三十七、八歳かな。蛇みてえな目をした野郎だよ」

「そいつは何をやったんだ？」

「詳しいことは言えない。きょうの味方も、明日は敵ってこともあるじゃねえか。迂闊《うかつ》なことは言えないよ」

「百面鬼、あんまり悲しいことを言うなって。おれたちは警察学校で、同じ釜《かま》の飯《めし》を喰ってきた仲じゃないか」

「同期だけど、所詮《しょせん》は他人だ。いや、親きょうだいや夫婦だって、時には平気で寝首を掻く。結局、人間ってのは、てめえしか信用できねえんだ。そういうもんだろうが？」

「しかし、それではあまりにも寂しいじゃないか。哀しくもあるし、虚《むな》しいよ」

「郷は人間が甘《あめ》えな。それに、ちょいと欲深だ」

「欲深だって!?」

「ああ。他者に多くのものを求めるのは甘ったれだし、欲が深《ふけ》えよ。どんなに親しくなっても、それぞれ価値観が異なるんだから、人間同士が理解し合うことは難しい。だから、どこかで波長が合えば、それで満足しないとな」

「おれは、そんなふうにドライにはなれない。家族や親しい友人は、どこまでも信じたいからな」

「ああ、それが理想だろう。けどな、人間はてめえが一番かわいいんだ。そのことはどんな時代になっても、ずっと変わらないよ」

「そうかもしれないが……」

「郷、もうよそうや。おまえとは長くつき合いたいと思ってる。妻木のことで何かわかったら、すぐ教えてくれ」

百面鬼は先に電話を切った。そのすぐ後、見城から私物の携帯電話に連絡が入った。

「平井の家に友部《ヤサ》が現われたのか？」

百面鬼は早口で問いかけた。

「そうじゃないんだ。友部はおろか、内山って奴も弔問に訪れる気配がないんで、ここで張り込んでても意味がないんじゃないかと思いはじめたんだよ」

「見城ちゃん、もう少し張り込んでくれねえか。故人は友部の従弟《いとこ》だし、内山も平井には恩がある。だから、二人とも仮通夜には顔を出すはずだよ。少なくとも、友部は弔問するだろう。そうしなかったら、奴は自分が疑われることになるからな」

「友部は、もう世間の目なんかどうでもいいと思ってるんじゃないだろうか。保身のために、妻木って奴に従弟の平井を殺《や》らせた男がいまさら世間体を取り繕《つくろ》おうとするかな」

「すると思うよ、友部は小心者みてえだからな。神経科医が朝霧高原から用賀の自宅に戻ったら、すぐ見城ちゃんに電話すらあ。それまで張り込みを頼む」

百面鬼は通話を切り上げ、携帯電話を助手席の上に置いた。それから葉煙草《シガリロ》に火を点ける。

郷から電話がかかってきたのは十数分後だった。

「妻木、妻木直也《なおや》は、やっぱり陸自レンジャー部隊の教官だったよ。しかし、八カ月前から休職中なんだ」

「休職の理由は？」

「サバイバル訓練中に若い隊員を山中で凍死させて以来、妻木は睡眠障害に陥《おちい》ってカウンセリングを受けてるというんだよ」

「どこでカウンセリングを受けてるんだ？」

「朝霧高原にある『友部神経科クリニック』だよ。百面鬼、何か思い当たるのか？」

「いや、別に」

百面鬼はごまかした。

「妻木は三十七歳だよ。二十代後半に結婚したんだが、二年後に離婚してる。陸自の富士学校の宿舎で寝起きしてたようだが、現在はそこにはいないそうだ。残念ながら、妻木の居所までは教えてもらえなかった」

「そうか」

「少しは役に立った?」

「ああ」

「それじゃ、後日、しっかりきょうの分の謝礼を貰うぞ」

郷が明るく言って、通話を終わらせた。

刑事用携帯電話《ポリスモード》の通話終了ボタンを押すと、今度は鴨下課長から電話がかかってきた。

「いま、『ヤマフジ』の佐伯社長夫人から捜査を打ち切ってもらいたいという申し入れがあったんですよ」

「誘拐犯どもは警察の動きを摑《つか》んだようだな」

「そうなんでしょう。道岡君と小笠原君が社長夫人を説得したんですが、無駄でした。それで、二人をいったん佐伯宅から引き揚げさせることにしたんですよ。もちろん、こっそり捜査は続行させますがね」

「社長夫人は犯人側の威《おど》しにビビって、身代金を渡す気になったんだな」

「ええ、そうなんだと思います。『ヤマフジ』の取引銀行に協力してもらって、預金の引き出しをチェックするつもりなんですよ」

「課長、ずっとおれに敬語を使わなくてもいいって」

「しかし、百面鬼さんを怒らせることになったら、いまのポストを失うことにもなりかねませんので」

「署長はもう少し追い込むつもりだが、課長を島流しにする気はないよ」

「ありがとう。いいえ、ありがとうございます。そういうわけですので、佐伯氏の件は道岡君たち二人に極秘に動いてもらいます」

「おれは、お払い箱ってことか」

「お払い箱だなんて滅相《めっそう》もありません。百面鬼さんは敏腕刑事ですので、ここは若手に任せるということで……」

「わかった。おれは捜査から外れよう。けど、社長夫人が犯人側と裏取引する日時と場所を摑んだら、一応おれに教えてほしいな」

「は、はい」

「課長、おれは道岡たちの手柄を横奪《よこど》りする気なんかない。犯人にまんまと身代金をせしめさせたくないだけなんだよ。ただ、それだけさ」

百面鬼は電話を切った。

おおかた誘拐犯グループは、身代金の要求額を引き下げたのだろう。百億円では吹っかけ過ぎだ。しかし、五、六十億円程度なら、『ヤマフジ』に裏金があると判断したのではないか。

社長夫人もそのぐらいの額の身代金なら払ってもいいと考え、裏取引に応じる気になったのだろう。犯人側はトラックに現金を積ませ、指定の場所に運ばせる気なのかもしれない。

裏取引の日時と場所がわかれば、犯人グループの正体を突きとめられるのだが……。

百面鬼は背凭《せもた》れに上体を預けた。

それから数分後、友部邸のガレージから白いアウディが走り出てきた。ステアリングを握っているのは、四十六、七歳の気品のある女だった。友部の妻だろう。

友部は都内のどこかにいて、妻に礼服やワイシャツを持ってきてくれと頼んだのかもしれない。そして、従弟の仮通夜に顔を出す気なのではないか。

百面鬼はアウディを尾《つ》けはじめた。

アウディは邸宅街を走り抜けると、玉川通りに出た。渋谷まで進み、数年前にできたシティホテルの地下駐車場に潜《もぐ》る。百面鬼も覆面パトカーを地下駐車場に入れた。

ほどなくアウディから、友部の妻と思われる女が降りた。黒いハンガーバッグとビニールの手提げ袋を持っていた。礼服やワイシャツだろう。

百面鬼は、ごく自然に車を降りた。気品のある中年女はエレベーター乗り場に向かっていた。

百面鬼は追った。エレベーターホールには初老のカップルが立っていた。好都合だ。百面鬼は初老のカップルやアウディの女と一緒に函《ケージ》に入った。

初老カップルは七階で降りた。友部夫人らしい女が降りたのは十六階だった。

百面鬼はエレベーターの扉が閉まる寸前に函を出た。エレベーターホールの壁越しに廊下をうかがう。

アウディに乗っていた女は、一六一〇号室に消えた。百面鬼はそれだけを確認し、地下駐車場に戻った。

覆面パトカーの中で二十分ほど待つと、エレベーターホールの方から中年の男女がやってきた。友部とアウディを運転していた女だった。やはり、女は友部の妻に間違いなさそうだ。友部は黒っぽい背広を着ていた。ワイシャツは白で、ネクタイも地味な色だった。連れの女はチャコールグレイのスーツだ。

二人はアウディに乗り込んだ。運転席に坐ったのは女のほうだった。

夫婦で平井の仮通夜に行くのだろう。

百面鬼はたっぷりと車間距離を取ってから、アウディを追尾しはじめた。

アウディは玉川通りをたどり、山手通りに入った。百面鬼はドイツ車を追いながら、見城に電話で経過を話した。

「友部は警戒して、わざわざホテルに部屋を取ったんだろうな」

「そういうことだと思うよ」

「妻は夫がまっすぐ帰宅しなかったことを訝《いぶか》しく思っただろうな」

見城が言った。

「学会に出席したんで、自宅に寄ってる時間がなくなったとでも嘘ついて、かみさんに着替えの背広をホテルに持ってこさせたんじゃないか？」

「百《どう》さんも女殺し屋と密会するときは、久乃さんにもっともらしい嘘をついてるんだろうな」

「こんなときに、おれの話を持ち出すことはねえだろうがよ。見城ちゃん、ちょっと性格が悪くなったぜ」

「やっぱり、そう思う？　実は、おれ自身もそう感じはじめてるんだよ。性格の悪い刑事の悪影響だろうね」

「殺すぞ、優男《やさおとこ》！」

「冗談はこれくらいにして、今後の段取りを決めておこう。いつ友部を生け捕りにする？　弔問を終えて平井の家から出てきたら、すぐドクターの身柄《ガラ》を押さえようか」

「女房が一緒のときは、まずいな。それに平井の自宅付近には、ほかの弔問客もいるかもしれないしさ」

「そうだね。友部はアウディで妻にホテルまで送り届けてもらうんだろうか。それとも、妻と一緒に用賀の自宅に戻るのかな」

「多分、前者だろう。わざわざホテルにチェックインしたわけだし、自宅に帰るのは危険だからな」

「そうだね。それじゃ、妻がホテルから去ったら、友部の部屋に押し入ろう」

「ああ、そうしようや。そうだ、妻木の正体がわかったぜ。桜田門の郷にちょっと調べてもらったんだ」

百面鬼は言った。

「何者だったの？」

「陸自のレンジャー部隊の教官だよ。現職なんだが、目下、休職中なんだってさ」

「なぜ、休職中なのかな」

見城が訊いた。百面鬼は、郷から聞いた話をそのまま伝えた。

「そう。きのう死んだ平井も三十代半ばまで自衛官をやってたし、友部は医官だった。妻木もレンジャー部隊の教官なら、何か透《す》けてきそうだな。友部たち自衛隊関係者の有志の右傾化が強まってる現在、それに乗じて何かやらかそうとしてるんじゃないだろうか」

「見城ちゃん、もっと具体的に言ってくれないか」

「とっさに頭に思い浮かんだのは、自衛隊内の穏健《おんけん》派の抹殺計画だね」

「見城ちゃん、ちょっと待てよ。自衛隊の中に、それほどハト派なんかいねえだろうが？」

「いや、そうでもないらしい。例のイラク派兵問題でも自衛官が反米組織の標的にされる恐れがあるからって、アメリカ大統領の言いなりになることに内心では反対してる幹部が割に多かったそうなんだ。もちろん、大声でノンと叫ぶことはできないがね」

「そういうハト派幹部がいたんじゃ、自衛隊の結束が崩れるってわけか」

「メガバンクの支店長がフェイスマスクを被った奴らに四人も拉致されたのは、ハト派幹部たち抹殺の軍資金が欲しかったからなんじゃないのかな。しかし、四行とも身代金を出そうとしなかった。だから、拉致監禁してた四人の支店長を殺害したんだろう。その後、内山たち三人に東西銀行新宿支店の須貝支店長を拉致させたのは、過去四件の拉致事件の犯人の割り出し捜査を混乱させたかったからなのかもしれないな」

「本橋たち七人の大物が『神の使者たち』に処刑されたが、それも一種のミスディレクションだったんじゃないかってことか」

「多分ね。敵は世直しに見せかけて、〝害虫〟である大物七人を葬り、好景気のころに無責任なことをやったメガバンクにお灸《きゅう》をすえたんじゃないのかな」

見城が自分の推測を語った。

「平井は軍資金の調達役で、ダーティー・ビジネスをやらされてた？」

「そう考えれば、一応、ストーリーができ上がる」

「友部が従弟の平井をうまく唆《そそのか》して、裏金を作らせてたことは間違いないだろう。けど、神経科医は見城ちゃんが話した陰謀とは別の悪巧《わるだく》みをしてるんじゃねえのかな。謀《はかりごと》の内容は、まだ透けてこないが、おれはそんな気がしてるんだ」

「そう。どっちにしても、友部が平井を背後で操ってたことは間違いないだろうから、ドクターをとことん締め上げようよ」

「そうするか」

百面鬼は応じて、電話を切った。

いつしかアウディは山手通りを逸《そ》れ、下目黒の住宅街を走っていた。もう平井の自宅は近い。

ほどなくアウディは、平井邸の少し手前の路肩に寄った。百面鬼は五、六軒後ろの家の生垣の横にクラウンを停め、手早くヘッドライトを消した。

友部が品のある中年女とアウディを降り、急ぎ足で平井の自宅に向かった。平井邸の前には、葬儀社の社員らしい男がたたずんでいる。その男が友部たち二人を平井の自宅に導いた。

内山の姿は見えない。妻木も目に留まらなかった。見城のBMWは、平井邸の四十メートルほど先に停まっていた。

百面鬼は車を降り、平井邸の前を通り抜けた。百面鬼はBMWに近づいた。

見城が百面鬼に気づき、パワーウインドーのシールドを下げた。

「友部が平井の家から出てきたら、そっちが先にアウディの尻《けつ》を追ってくれ」

「了解！」

「もし尾行に失敗したら、渋谷シャングリラホテルの十六階のエレベーターホールで落ち合おう」

百面鬼は踵《きびす》を返し、クラウンに戻った。葉煙草《シガリロ》を吹かしながら、時間を遣《や》り過ごす。

友部の妻と思われる女が平井邸から出てきたのは午後十時過ぎだった。彼女はアウディの脇を通り抜け、広い表通りに足を向けた。

タクシーを拾って、用賀の家に帰る気なのだろう。友部はアウディで渋谷のホテルに戻る気らしい。

百面鬼はカーラジオの電源スイッチを入れ、ポピュラーソングに耳を傾けはじめた。

友部が姿を見せたのは、午後十一時四十分ごろだった。神経科医は白いハンカチを目頭に当てながら、アウディの運転席に入った。仮通夜の席でも、派手に人前で泣いたにちがいない。もちろん、芝居だろう。

百面鬼はカーラジオの電源を切った。

アウディが走りだし、BMWの横を抜けていった。見城が少し間《ま》を置いてから、BMWを発進させた。百面鬼はBMWに従《つ》いていった。

四つ目の十字路をアウディが通過した直後、見城が急ブレーキをかけた。左の横道から保冷車が飛び出してきたからだ。保冷車は四つ角を塞《ふさ》ぐ形で停止したまま、動こうとしない。

見城が焦《じ》れて、ホーンを鳴らした。それでも、保冷車は走ろうとしない。

おそらく仲間が尾行の邪魔をして、友部のアウディを逃がしたのだろう。

百面鬼もクラクションを響かせた。と、保冷車の高い運転台から黒いフェイスマスクを被った男が飛び降りた。見城が急いでBMWから出る。

保冷車を運転していた男は脇道に逃げ込んだ。見城が追いかけはじめた。

百面鬼はクラウンから出て、四つ角まで突っ走った。保冷車の向こう側に回り込んでみたが、すでにアウディは消えていた。

少し待つと、見城が駆け戻ってきた。

「逃げられちゃったよ。おそろしく逃げ足の速い奴だった」

「友部の配下の者だろうな。アウディは、もう消えちまった。渋谷のホテルや用賀の家《ヤサ》に行っても、おそらく友部はいねえだろう」

「百《どう》さん、悪い！　おれがもう少し気をつけてれば、こんなことにはならなかったはずだ」

「気にすんなって。今夜は引き揚げよう」

百面鬼は相棒の肩を軽く叩き、覆面パトカーに向かって歩きだした。

3

会話は途切れがちだった。酒もうまくない。百面鬼は馴染《なじ》みのジャズバー『沙羅《さら》』のボックス席で、スコッチのオン・ザ・ロックを傾けていた。

同じテーブルには、見城と七海がいる。二人ともオールドパーの水割りを飲んでいた。

友部が雲隠れして、はや四日が過ぎている。

七海が、友部の自宅とクリニックの電話保安器にヒューズ型盗聴器を仕掛けてくれたのは一昨日だ。だが、いまも友部の潜伏先はわからない。友部は従弟の平井の本通夜と告別式には列席しなかった。

ＢＧＭがマッコイ・タイナーからオスカー・ピーターソン・トリオに変わった。

ＣＤではない。古いＬＰ盤だった。たまに雑音《ノイズ》が混じるが、ＣＤよりもサウンドに深みがある。

店の経営者の本業は洋画家だが、変わり者だった。流行《はや》りものは頑《がん》として受け容《い》れようとしない。無愛想でもあった。客と目が合っても、にこりともしない。道楽半分で商売しているからか、わがままそのものだった。

しかし、店の雰囲気は悪くない。渋い色で統一されたインテリアは洒落《しゃれ》ている。無口なバーテンダーも好人物だ。店は南青山三丁目の裏通りにある。古びたビルの地下一階だ。客は三、四十代の男性が多い。

「松《まつ》ちゃんも、この店の常連だったんだよ」

見城がかたわらの七海に小声で言った。

「ええ、知ってるわ。松丸さんが生前、このジャズバーのことをよく話してくれたから」

「そう。松ちゃんは、いい奴だったよ。惜しい男を……」

「見城さん！」

七海が優男探偵の脇腹を肘《ひじ》でつついた。見城がはっとした顔つきになり、百面鬼に声をかけてきた。

「ちょっと無神経だったね。言い訳じみるが、別に他意はなかったんだ」

「わかってらあ。いいんだよ、見城ちゃん。仮に咎《とが》められても、おれは何も言えねえ。おれが松を若死にさせてしまったんだからな」

「百《どう》さん、そんなふうに自分を責めないほうがいいよ。何度も言ったけど、松ちゃんの死は運命だったんだ」

「話題を変えましょうよ。百面鬼さん、友部恭輔はどこに隠れてるんでしょうね？」

七海が取ってつけたように言った。

「情が濃《こま》やかだな、七海ちゃんは」

「普通ですよ、わたしは」

「いや、優しいよ。いい奥さんになるだろうな」

「わたし、結婚願望はあまりないんです」

「相手の男性を束縛《そくばく》して、うっとうしがられることはわかっていますので。そうされることを喜ぶ男性もいるんでしょうけど、相手によっては逆でしょ？」

「どうして？」

「話が本題から逸《そ》れはじめてるな」

見城が口を挟んだ。七海が悔やむ顔つきになった。

「あら、わたしったら」

「見城ちゃんが焦ってるみてえだから、話を元に戻すか。このままじゃ埒《らち》が明かないから、おれは明日、友部の妻に直《じか》に会ってみようと思ってる。おそらく友部は女房の携帯に電話をかけて、潜伏先は教えてるんだろう」

「それは考えられるね。百さん、友部の奥さんにどう切り出す気なの？」

見城が訊いた。

「ある殺人事件に旦那が関与してる疑いがあるって、ストレートに言うよ」

「それで、あっさり亭主の居所を喋るだろうか」

「喋らねえかな？」

「ああ、おそらくね。きっと奥さんは、友部から口止めされてるにちがいないよ」

「考えられるな。それじゃ、友部の妻を犯罪者に仕立てるか。買物に出かけたときにでも、万引き犯に仕立てるよ。それとも、トートバッグか何かにコカインのパケでも入れるか。署内には押収品の薬物がいくらでもあるからな」

「そういうやり方は、ちょっとまずいんじゃないか。友部の奥さんは別に悪いことをしてるわけじゃないんだから」

「その通りなんだが、あんまりのんびりとはしてられないからな」

「わたし、生保レディーか何かに化けて、友部の奥さんに接触してみます。化粧品か高級ランジェリーの訪問販売員を装ってもいいわね。そういう方法のほうがスマートなんじゃないかしら？」

七海が会話に割り込んだ。すぐに百面鬼は応じた。

「ま、そうだな。それじゃ、先に七海ちゃんに協力してもらうか」

「ええ、いいですよ」

「ひとつ頼むな。遠慮しないで、どんどん飲んでくれ」

「もしもし、おれのボトルなんだけど」

見城が笑いながら、そう言った。

「あれっ、そうだったっけ？　二、三日前にオールドパーをキープしたような気がするんだがな」

「百《どう》さんには負けたよ」

「くっくっく。なぜか他人《ひと》の酒はうめえんだよな。だから、銭がないわけじゃないが、自分でボトルをキープする気になれないんだ。それにさ……」

「その先は言わなくてもいいよ。おれの肝臓を労《いたわ》ってくれてるんだろう？」

「ビンゴ！　おれって男は、何よりも友情を大事にしてるからな。自分のことは、いつも二の次なんだ。そうだよな、見城ちゃん？」

「よく言うよ」

「違うってか？」

「自分の胸に訊いてみなよ」

「やっぱり、違うってさ」

百面鬼は自分の胸に武骨《ぶこつ》な手を当て、にっと笑った。見城が七海と顔を見合わせ、小さく苦笑した。

「お二人さんは適当に消えてもいいんだぜ。そろそろ甘いムードに浸《ひた》りたいだろうからな」

百面鬼は言いながら、左手首のオーデマ・ピゲに目を落とした。あと数分で、午後九時半になる。

「百さん、妙な気は遣《つか》わないでほしいな」

「ええ、ほんとに。三人でゆっくり飲みましょうよ」

七海が見城の言葉を引き取った。

その数十秒後、店のドアが開いた。新たな客は毎朝日報の唐津だった。

「旦那、こっちで一緒に飲《や》ろうや」

百面鬼は唐津を手招きした。唐津は七海と一面識もない。見城も歓待するジェスチャーを示した。

「同席させてもらうよ」

唐津が七海と名乗り合ってから、百面鬼の横に腰かけた。無口なバーテンダーがグラスを運んできた。七海が手早くウイスキーの水割りをこしらえ、唐津の前に置く。

四人は軽くグラスを触れ合わせた。唐津が水割りで喉を潤《うるお》してから、百面鬼に顔を向けてきた。

「『ヤマフジ』の佐伯社長の射殺体が発見されたこと、当然、知ってるよな?」

「いや、知らないな。いつ? どこで発見されたの?」

「佐伯の自宅近くの落合中央公園の植え込みの中で見つかったんだよ、午後七時過ぎにね。被害者《マルガイ》は両手を針金で縛られたまま、頭部を撃たれてた」

「現場で頭《ペテン》を撃《ハジ》かれたのかな？」

「いや、別の場所で射殺され、現場に遺棄《いき》されたんだ。死体を棄《す》てた奴はたまたま園内で空手の練習をしてた青年に取り押さえられて、警察に突き出されたんだよ」

「逮捕《パク》られた奴の名は？」

「内山繁。そいつは目白署で完全黙秘してたんだが、傷害の犯歴があったんで身許が割れたんだ」

「ふうん」

百面鬼はポーカーフェイスを崩さなかった。

「佐伯の奥さんが犯人側と裏取引すると睨んで、うちの社は『ヤマフジ』の本社、取引銀行、社長宅をずっとマークしてたんだ。しかし、身代金がこっそり犯人側に渡されたのかどうかは、ついに確認できなかった」

「佐伯が射殺されたんなら、身代金は犯人側に渡ってないと思うがな」

「とは限らないよ。身代金が少なかったんで、犯人グループは腹を立てて佐伯社長を始末したとも考えられるじゃないか」

「うん、まあ。死体を公園に棄てた内山って奴は当然、誘拐犯グループのメンバーなんだろうな」

らね」

「そう考えてもいいだろう。第三者にわざわざ遺体の遺棄だけを頼むとは考えにくいか
　唐津が言って、ハイライトに火を点けた。

「ほかに何かわかったことは？」

「刑事が新聞記者《ブンヤ》にそんな質問はしないんじゃないのか。まるっきり逆だな」

「おれは職務そっちのけで遊んでるんで、事件情報に疎《うと》いんだよ」

「困った刑事だ。目白署にいる内山は、東西銀行新宿支店の支店長を拉致した三人組のひとりだった」

「ということは、内山たちが『ヤマフジ』の社長を拉致したって考えてもいいわけか」

「いや、そうじゃないみたいだな。先日、佐伯社長を新宿区内で拉致した三人組は目撃証言によると、いずれも冷静に行動してたというんだ。だから、おそらく別のグループだろうね」

「東西銀行の事件の前に、四つのメガバンクの支店長が拉致されて、それぞれ惨殺されたでしょ？」

　見城が話に加わった。唐津が見城に顔を向ける。

「ああ。おれは、その犯行《ヤマ》を踏んだ奴らが佐伯社長を誘拐したと睨んでるんだ」

「そうなんだろうか。確かメガバンクの支店長拉致事件では、犯人グループは身代金を要求したんでしょ？」

「その通りだね」

「元首相の本橋たち七人を処刑した『神の使者たち』が四人の支店長をみせしめのために殺害したんじゃないのかな」

「見城君、何か根拠がありそうだね。そうか、おたくたち二人は謎の武装集団のことを調べてるんだな。そうなんだろう？」

「それは勘繰《かんぐ》り過ぎですよ。ね、百《どう》さん？」

「ああ。ちょっと小便してくらあ」

百面鬼は立ち上がって、カウンターの横にあるトイレに入った。内錠を掛けてから、ポリスモードで新宿署の刑事課に連絡を取る。

電話口に出たのは鴨下課長だった。

「課長、『ヤマフジ』の佐伯社長の死体が自宅近くの公園で発見されたんだって？」

「百面鬼君、いや、百面鬼さん、そうなんですよ。道岡君たちに極秘捜査をさせてたんですが、最悪の結果になってしまった」

「佐伯の妻は、こっそり犯人側に身代金を渡すと思ってたが、結局、金は払わなかったのか」

「いいえ。きのうの深夜、奥さんはこっそり四十億円の現金をトラックに積ませて、犯人が指定した大井埠頭《ふとう》に届けさせたというんですよ。トラックを運転したのは、佐伯社長のお抱え運転手の木下《きのした》という男でした。犯人グループは木下を人質に取って、四十億を持ち去ったんですよ。木下は拉致されたままです」

「身代金が少なすぎるんで、犯人どもは佐伯を殺《や》ったんだろう。そのうち木下の死体も発見されそうだな」

「ええ、その可能性はあると思います。道岡君たちが佐伯夫人をぴたりとマークしてれば、身代金の受け渡し場所を知ることができたんでしょうけどね」

「仮定の話をしても仕方ねえな、課長」

「そうだな。いいえ、その通りですね」

「佐伯のかみさんが捜査の打ち切りを申し入れてきたことも職場でくだくだと言わないほうがいいな。どう言い訳しても、警察のミスで佐伯は射殺されちまったわけだから」

「え、ええ」

「消費者金融で富豪になった佐伯が不幸な死に方したって、別に同情はしない。けど、犯人側にまんまと四十億も持ってかれたことは癪《しゃく》だよな」

「ええ、そうですね。せめて身代金を取り返して、犯人グループを一日も早く逮捕しないと……」

「ま、頑張ってよ」

百面鬼は言って、通話終了ボタンに触れた。ついでに排尿する気になったとき、女殺し屋の美寿々から電話がかかってきた。

「ついさっき、友部から電話があったの。早く三人の標的をシュートしてくれという催促の電話だったわ」

「発信者の電話番号は保存してあるな」

「公衆電話とディスプレイに表示されただけで、ナンバーは……」

「くそっ。友部は警戒してやがるな」

「今度また友部から連絡があったら、わたし、何か口実をつけて、あの男に会いに行くわ。そうすれば、隠れ家がわかるでしょ？」

「それは危険だよ。友部は、そっちのことを怪しみはじめてるかもしれないんだぞ」

「わたしのことを心配してくれるのは嬉《うれ》しいけど、大丈夫よ。わたしは、そのへんのおとなしい女じゃないから」

「それはわかってるが、敵を甘く見ちゃいけないよ」

百面鬼は、『ヤマフジ』の社長が射殺されたことを話した。犯人がまんまと四十億円の身代金をせしめ、佐伯のお抱え運転手を連れ去った事実も語った。

「凶悪で、抜け目のない奴らね」

「ああ。だから、油断は禁物なんだ。明日、別のホテルに移ったほうがいいな」

「ええ、そうするわ。今夜はこっちに来られないの？」

「行けたら、行くよ」

「わかったわ。待ってるけど、無理はしないでね」

美寿々が電話を切った。

あんなふうに言われると、男は無理したくなる。だが、目白署に行って留置中の内山を揺さぶらなければならない。久乃をほったらかしにもできないだろう。

百面鬼は私物の携帯電話を懐に仕舞い、小用を足した。トイレを出ると、すぐそばに唐津が立っていた。

「中で誰かと電話してたみたいだな」

「大新聞社の記者がゴシップライターみてえなことをしちゃいけないよ。盗み聴きなんて、品がねえって」

「別に盗み聴きしたわけじゃないよ。おたくの声はでっかいから、自然に耳に届いたんだ。最初の電話の相手は、職場の上司だったみたいだな。四十億の身代金がどうとか言ってたが、それ、佐伯社長の身代金のことなんだろ？」

「おれが電話で喋ってた相手は、風俗店を何十軒も経営してる男だよ。年商が四十億もあるって自慢しやがったから、少し小遣い回せやって言ってやったんだ」

「喰えない男だね、おたくは」

「人聞きの悪いことを言わないでくれ。おれは殉職覚悟で、日夜、市民の治安を護《まも》ってるんだぜ」

「そのジョークは聞き飽《あ》きたよ。二本目の電話の相手は、女性だったんだろ？」

「そう。高級ソープのナンバーワンの娘《こ》だよ。人生相談してえんだってさ」

「嘘つけ！」

「旦那、お漏らししちゃうよ」

百面鬼は唐津をからかって、大股でボックス席に戻った。だが、坐らなかった。

「トイレ、ちょっと長かったね」

見城が心配顔で言った。百面鬼はトイレの中で上司から情報を集めたことを話し、その内容にも触れた。

「犯人グループは四十億の身代金を手に入れてから、佐伯社長を撃ち殺したのか。やり方が汚いな」

「身代金の額が少なかったんで、腹いせから佐伯を殺《や》っちまったんだろう」

「ああ、多分ね」

「これから目白署に行って、内山をちょいと揺さぶってみらあ。おれは、唐津の旦那がトイレから出てくる前に消える」

「後は、うまくやるよ」

見城が声を潜《ひそ》めた。百面鬼は七海に小さく手を振り、急ぎ足で店を出た。

覆面パトカーは少し先の路上に駐《と》めてある。飲酒運転をすることになるが、別段、後ろめたさは感じなかった。

百面鬼はクラウンに乗り込んだ。すぐ目白署に向かう。

およそ四十分で、目的の所轄署に着いた。覆面パトカーを駐車場の端に入れ、刑事課に急ぐ。三人の刑事がソファセットに腰かけ、何やら神妙な顔で話し込んでいた。百面鬼は素姓を明かし、誰にともなく言った。

「今夜、死体遺棄罪容疑で逮捕《パク》られた内山繁は、まだ取り調べ中かな？　新宿署《うち》の管内で発生した東西銀行の事件《ヤマ》に内山が関与してる疑いがあるんで、ちょっと接見させてほしいんだ」

「内山は三十分ほど前に死にました」

四十年配の刑事が苦渋《くじゅう》に満ちた顔で、ぼそっと答えた。

「いったい何があったんだ？」

「取り調べ中に内山が腹が減ったから、自弁食を注文してくれと言ったんですよ。それで、目白署指定の仕出し弁当屋から和風弁当を取り寄せてやったんです」

「その和風弁当に毒物が盛られてた？」

「ええ、そうなんです。竹輪《ちくわ》の磯辺《いそべ》揚《あ》げに青酸カリが混入されてました。内山は磯辺揚げを食べた直後、喉のあたりを掻《か》き毟《むし》りながら、ぶっ倒れたんです。一分ほど全身を痙攣《けいれん》させてたんですが、そのまま息を引き取りました」

「なんてこった。内山の共犯者《レツ》が隙《すき》を見て、仕出し弁当に毒物を盛ったんだろう」

「それは間違いないと思います。まだ箸をつけてない里芋《さといも》にも注射器で青酸カリの水溶液が注入されてましたので。死体《ホトケ》はまだ署内にありますが、ご覧になりますか？」

「いや、そいつは遠慮しておこう」

「そうですか。和風弁当を配達してくれた弁当屋のバイト学生はここに来る途中、爬《は》虫類《ちゅうるい》を連想させるような顔立ちの三十代後半の男に呼びとめられて、原チャリを停めたらしいんです。男は荷台の弁当をちらちら見ながら、道を訊いたというんですよ。おそらく、そのときに毒物を和風弁当に入れられたんでしょうね」

「ああ、そうなんだろう。内山の司法解剖は明日、東京都監察医務院で行われるのかな？」

「ええ」

「ありがとな！」

百面鬼は礼を言って、出入口に向かった。

4

解剖所見の写しを読み終えた。

百面鬼は書類をコーヒーテーブルの上に置いた。目白署の刑事課だ。内山の司法解剖は数時間前に終わっていた。

「やはり、内山は青酸カリを盛られたんです」

石黒《いしぐろ》と名乗った四十二、三歳の刑事が言った。スポーツ刈りで、色が浅黒い。

「仕出し弁当屋のバイト学生に道を訊いた男の割り出しは？」

百面鬼は妻木の顔を脳裏に蘇《よみがえ》らせながら、日本茶を啜《すす》った。

「残念ながら、まだなんですよ。爬虫類っぽい顔をした男が青酸カリの水溶液を和風弁当のおかずに注射器を使って混入させたことは、間違いないでしょうがね」

「そうだろうな」

「解剖医から内山の脳にバイオチップが埋め込まれてたと聞かされたときは、一瞬、何を言われてるのかわかりませんでしたよ」

「担当の解剖医は、どう言ってた？」

「バイオチップの中で成長する神経細胞を脳と連結させて、誰かが内山の記憶力とか習得能力を増強させてたんじゃないかと言っていました。それから解剖医は、内山が第三者にマインドコントロールされてたかもしれないとも言ってたな」

「というのは？」

「内山の内耳にワイヤレス・イヤフォンが埋め込まれてたんですよ。所見書には記されてませんがね」

「外からバイオチップに何か信号音を送られ、内山は命じられたことを忠実にやってた？」

「ドクターは、その可能性はあるだろうと言っていました。内山は第三者に心を操作されて、佐伯社長を射殺し、遺体を落合中央公園に棄てたのかもしれませんね」

「凶器は判明したの？」

「ベレッタ92Fでした」

石黒が言って、セブンスターをくわえた。

「内山の体内にアンプルとか骨伝導マイクの類《たぐい》は埋め込まれてなかったのか？」

「そういう物が埋まってたという報告は受けてません」

「そう」

「内山が誰かにマインドコントロールされてたんだとしたら、東西銀行新宿支店の支店長を拉致した二人の共犯者も脳にバイオチップを埋め込まれてるとは考えられませんか？」

「おそらく二人とも、内山と同じバイオチップを脳に埋め込まれてるんだろう。しかし、内山たち三人が『ヤマフジ』の佐伯社長を拉致したんじゃないことは確かだ」

「ええ、そうですね。『ヤマフジ』の社長を拉致した三人組は黒いフェイスマスクを被ってたという話ですので。しかし、多分、そいつらと内山たちは同じグループに属してるんでしょう」

「そいつは間違いなさそうだな。いろいろ参考になったよ。ありがとう」

百面鬼は立ち上がって、刑事課を出た。午後四時を回っていた。

内山を毒殺したのは妻木だろう。内山の口を封じろと命じたのは友部にちがいない。百面鬼は階段を駆け降り、表玄関から外に出た。駐車場に回ったとき、七海から電話がかかってきた。

「リフォーム会社のモニターになってほしいと嘘をついて、友部邸に上がり込んだんですけど、奥さんから夫の居所を探り出す事はできませんでした」

「そうか」

「お役に立てなくて、ごめんなさい。その代わり奥さんが席を外したとき、リビングボードの裏に室内型盗聴器を仕掛けておきました。ひょっとしたら、友部がこっそり自宅に戻るかもしれないと思ったんですよ。わたし、夜になったら、受信装置を持って友部邸の近くで張り込みます」

「ひとりじゃ危険だな。張り込むときは、見城ちゃんに応援を頼んでくれ」

「ええ、そうします。内山という男が目白署で仲間に毒殺されたという話を正午過ぎに見城さんから聞きましたけど、司法解剖はもう終わったんですか？」

「ああ」

百面鬼は、内山の脳にバイオチップが埋められていたことを話した。内耳にワイヤレス・イヤフォンが埋められていたことも告げた。

「ということは、内山が誰かにマインドコントロールされてたことは間違いないようですね」

「ああ。友部が内山、折戸、水原の三人の心を操作してたと考えてもいいだろう。バイオチップやワイヤレス・イヤフォンのこと、そっちから見城ちゃんに話しといてくれや」

「はい、わかりました。必ず伝えます」

七海が先に通話を切り上げた。

百面鬼は覆面パトカーに乗り込んだ。エンジンをかけたとき、懐で私物の携帯電話が鳴った。発信者は美寿々だった。

「さっき赤坂西急《せいきゅう》ホテルに移ったの。部屋は二十三階の二三〇三号室よ。眺めが最高にいいの」

「昨夜は部屋に行けなくて、悪かったな」

「ううん、いいの。その後、何か動きがあった？」

「内山が目白署で毒殺されたことは、もう知ってるだろう？」

「ううん。きょうは、まだ新聞も読んでないし、テレビニュースも観《み》てないのよ」

「そうなのか」

百面鬼は経過を話し、依然として友部の潜伏先を摑めていないことも伝えた。

「それじゃ、動きようがないわね」

「うん、まあ」

「だったら、こっちにいらっしゃいよ」

「そうするか。これから、すぐ赤坂に向かう」

「待ってるわ」

電話が切られた。

百面鬼はクラウンを走らせはじめた。赤坂西急ホテルは、赤坂見附交差点のそばにある。二十数分で、ホテルに着いた。

百面鬼は覆面パトカーを地下駐車場に入れると、トランクルームからビニールの手提げ袋を取り出した。中身は喪服だった。情事の小道具を持って、エレベーターで二十三階に上がる。二三〇三号室に入ると、美寿々が唇を求めてきた。

二人は出入口の近くで、熱いくちづけを交わした。顔を離すと、美寿々が百面鬼の腕を取った。百面鬼は窓辺に導《みちび》かれた。

「いい眺めでしょ？」

美寿々がカーテンを横に大きく払った。

ビル群の向こうに、富士山の稜線《りょうせん》がくっきりと見える。残照で、まだ明るい。

「わたし、沈む夕陽を見るのが好きなの。なんとなく気持ちが和《なご》むから。昼間はなんとなく気忙《きぜわ》しくて、のんびりと風景を見ることなんかできないでしょ？」

「そうだな。おれは陽《ひ》が沈んで、ネオンやイルミネーションが灯《とも》りはじめた時刻が好きだね。何か愉《たの》しいことが待ってるようで、わくわくするんだ」

「遊び盛りのティーンエイジャーみたいなことを言ってる」

「男はいくつになっても、みんな、ガキっぽさが抜けない。女たちは早く大人になることを望んでるみたいだけど、男は反対なんだ。大人になることに何か抵抗がある」

「大人になるってことは、ある意味では汚れるわけよね」

「それもあるが、若いうちから早々にいろんなものと妥協しちまうことに抵抗があるんだよ。世の中や他人と折り合うのは、ある意味で狡《ずる》いことだからな」

「そうなのかしら？」

「男は勁《つよ》く粋《いき》に生きたいと考えてる。けど、そういう生き方は楽じゃない。痩《や》せ我慢の連続だからな」

「タフガイヒーローに憧《あこが》れる気持ちはわからなくもないけど、そういう生き方は自然じゃないでしょ？」

「不自然かな？」

百面鬼は言った。

「ええ。男も女も、人間はそもそも狡《ずる》くて愚《おろ》かなものよ。たいていの人が社会や他人と適当に折り合いをつけて、要領よく生きてる。だけど、それは生活の知恵よね。別に恥じることではないと思うわ」

「他人の顔色をうかがいながら生きるなんて、なんかカッコ悪いじゃねえか。見苦しいし、みっともないよ。男は死ぬまで突っ張った生き方を貫《つらぬ》く。それでこそ、漢《おとこ》じゃないのか。おれは、そう思うな」

「どうして自然体で楽に生きられないのかしら。男も女も本質的には同じでしょ？　あらゆる感情を素直に外に出して、素《す》のままで生きるべきよ。そうじゃなければ、疲れるでしょ？」

「疲れても、辛くても、男は突っ張りつづけないとな。それが意地ってもんだ」

「くだらないわね」

美寿々が言った。どこか尊大な物言いだった。

「くだらねえだと!?　女になんか、男のダンディズムはわからねえよ」

「そういう考え方が子供じみてるし、滑稽《こっけい》だわ」

「偉そうなことを言うな。そっちは何様のつもりなんだ」

百面鬼は喪服の入った手提げ袋を足許に落とし、ソファに腰かけた。いったん激昂《げっこう》すると、しばらく冷静になれない性質《たち》だ。

「子供ね。まるっきりガキじゃないの」

「ガキで結構だ。おれはくたばるまでガキでありつづけたいと考えてるんだから、ほっといてくれ！」

「何もむきになって怒ることでもないでしょうが？」

「おれは傷ついてるんだ。プライド、ずたずただよ」

「傷つきやすい自分に酔ってるのだとしたら、もう最悪ね」

美寿々が小声で言って、窓側のベッドに腰かけた。ツインベッドの部屋だった。

喪服プレイを娯《たの》しむはずだったのに……。百面鬼は胸の中でぼやき、葉煙草《シガリロ》に火を点けた。

気まずい空気が室内を支配したままだ。十分ほど経ったころ、美寿々がくすくすと笑いはじめた。

「何だよ、急に笑い出して」

「拗《す》ねたユーって、案外、かわいいわ。お母さんに叱られて、しょんぼりしてるガキ大将みたい。ちょっと母性本能をくすぐられるわね」

「うるせえ！　生意気なことばかり言ってやがると、ぶん殴るぞ」

百面鬼は怒鳴り返したが、葉煙草《シガリロ》を喫いつづけた。

「あら、どうしちゃったの？」

「気が変わったんだ」

「ね、ビールでも飲んで仲直りする？　それとも、一緒にシャワーを浴びようか」

「ビールは、ひと汗かいてから飲むほうがうまいな」

「先にシャワーを浴びようってことね？」

「わかってることをいちいち確かめるなよ。おれは幼稚園児じゃないんだぞ」

「バスルームで待ってるわ」

美寿々がベッドから腰を浮かせた。ちょうどそのとき、サイドテーブルの上で携帯電話が着信音を奏《かな》ではじめた。

「野暮な電話ね」

美寿々が二つのベッドの間に入り込み、携帯電話を耳に当てた。

百面鬼は耳に神経を集めた。

「その声は、ドクター友部ですね？」

「…………」

「また、催促の電話なのね。えっ、そうじゃないんですか」

「…………」

「標的のひとりの労働貴族が今夜八時に帝都《ていと》ホテルの『孔雀《くじやく》の間』で開かれる鉄鋼大手の創業百二十周年記念パーティーに出席するという情報をキャッチしたんですね？」

「…………」

「いいえ、かえって仕事はやりやすいわ。ええ、ターゲットの労働貴族を必ず仕留《しと》めますよ。わざわざ情報をありがとうございました」

美寿々が通話を終わらせて、体ごと振り返った。

「友部は、また公衆電話を使って連絡してきたのか？」

「ええ、そう。電話の内容は、おおむね察《さつ》しがついたでしょ？」

「ああ。わざわざ敵が情報を流してくれるのは、いかにもおかしいな。友部は、そっちを罠《わな》に嵌《は》めるつもりなんだろう」

「それは、わたしにも読み取れたわ」

「どうする？　危《ヤバ》いと思うんだったら、日比谷の帝都ホテルにゃ行かないほうがいいな」

百面鬼は言った。

「わたし、行くわ。それで、わざと敵の手に落ちる。友部は、わたしたちの繋がりを見抜いたんでしょうね。だから、わたしを人質に取って、ユーを誘《おび》き出す気なんだと思うわ」

「それは間違いないだろう」

「わたしは囮《おとり》になるから、ユーは敵の車をうまく尾行して、友部の隠れ家を突きとめてちょうだい」

「いいのか」

「何が？」

「友部はおれを誘《おび》き出したら、そっちを手下に始末させる気なのかもしれないんだぞ」

「でしょうね。でも、尻尾《しっぽ》なんか巻かないわ。目下、開店休業状態だけど、わたしは殺し屋《プロ》なのよ。むざむざと殺されたりしないわ」

「けど、敵は手強《てごわ》い連中なんだ」

「万が一のことがあっても、それはそれで仕方ないわ」

「潔《いさぎよ》いけど、そんなことになったら、おれはどう責任を取りゃいいんだ？」

「別に責任なんか取る必要ないわよ。わたしが自分の意思で、進んで囮《おとり》になるわけだから」

「けど……」

「もう何も言わないで。それよりも、ベッドで愛し合うには残り時間が中途半端ね。友部をやっつけてから、たっぷりと愛し合うことにする？」

「そうするか。ま、坐れよ」

百面鬼は言って、向かいのソファを顎《あご》でしゃくった。

美寿々がソファに腰かけ、すんなりと伸びた脚を組んだ。二人は雑談を交わしながら、時間を潰《つぶ》した。

部屋を出たのは午後七時少し前だった。

美寿々は大きなバッグに消音器を装着させたヘッケラー＆コッホのＰ７Ｍ８を忍ばせている。ドイツ製の高性能拳銃だ。国際宅配便を利用して、アメリカから取り寄せたのだろう。あるいは、闇ルートで入手したのか。後者かもしれない。

二人はエレベーターで地下駐車場に降りた。百面鬼は助手席に美寿々を坐らせ、日比谷に車を走らせた。帝都ホテルに着いたのは七時二十分ごろだった。

「下見を兼ねて、わたしは早めに『孔雀の間』に行くわ。敵の回し者らしい男がいたら、ユーに電話で教えるわよ」

「ああ、頼む。パーティー会場に入ったら、一応、標的の労働貴族を狙ってる振りをしてくれ。そうすれば、敵の人間がそっちに接近するだろう」

「うまくターゲットに迫《せま》ることにするわ」

「そうしてくれないか。おれはパーティーがはじまる直前に『孔雀の間』に入る」

「わかったわ」

美寿々がクラウンを降り、エレベーターホールに足を向けた。

百面鬼は車内に留《とど》まり、七時四十五分まで待った。静かに車から出て、エレベーターで二階に上がる。

五百人を収容できる大宴会場『孔雀の間』は、エレベーターホールのそばにある。三つある受付カウンターの前には大勢の招待客が並んでいた。

百面鬼は招待客を装って、大宴会場に入った。立食式のパーティーだった。中央のメインテーブルには和洋中の豪華な料理が並べられ、隅にはパーティー・コンパニオンたちが控えている。客の姿もあふれていた。

百面鬼はテーブルの間をゆっくりと進みながら、さりげなく周囲を見回した。

美寿々は前方のテーブル席の横にたたずんでいた。ステージのそばに、六十年配の男が二人見える。片方は標的の労働貴族だった。

美寿々は、労働貴族の背中に視線を当てている。刺すような視線だった。なかなかの名演技だ。あれなら、敵の目には美寿々が標的を狙っているだけにしか見えないだろう。

百面鬼は、意図《いと》的に美寿々には近寄らなかった。

招待客でホールが埋め尽くされると、創業百二十周年記念パーティーがはじまった。主催側関係者の挨拶《あいさつ》があり、大物政治家が乾杯の音頭をとった。

お祝いのスピーチがつづく。コンパニオンたちが酒やオードブルを配りはじめた。自ら料理を取りに行く客も少なくなかった。

アトラクションが佳境《かきょう》に入ったとき、大柄な男がすっと美寿々に近づいた。美寿々が肘《ひじ》で相手を弾《はじ》こうとした。芝居だ。美寿々の動きは、巨身の男に封じられた。三十代の前半で、筋肉が発達している。自衛隊関係者か、友部のボディーガードだろう。

大男が美寿々の片腕を摑んだ。

美寿々は『孔雀の間』から連れ出された。百面鬼は二人を追った。

大宴会場を出ると、大柄な男と美寿々はエレベーター乗り場の前にいた。敵の回し者が美寿々をタクシーに乗せるとは思えない。

先回りすることにした。

百面鬼はエスカレーターを利用して、一階に降りた。地下駐車場までは階段を使い、太いコンクリート支柱の陰に身を潜《ひそ》める。

二分ほど待つと、大男と美寿々がエレベーターホールの方から歩いてきた。

「労働貴族をシュートしなくてもいいの？」

「シナリオが変更になったんだ」

「ドクター友部の所に、わたしを連れて行く気みたいね」

「黙って歩け！」

大男は、美寿々のバッグを小脇に抱えていた。消音器付きの自動拳銃は、バッグごと没収されたのだろう。

大男は黒塗りのレクサスの後部座席に美寿々を押し込むと、急いで自分も乗り込んだ。美寿々の横だった。レクサスが走りだした。百面鬼のいる位置からはドライバーの顔を見ることはできなかった。

レクサスを尾行することにした。百面鬼は覆面パトカーに駆け寄った。

車の鍵《キー》を上着のポケットから取り出したとき、背後に人の気配を感じた。振り向きかけたとき、百面鬼は首筋に熱感を覚えた。放電音も聞こえた。

高圧電流銃《スタンガン》の電極を押し当てられたようだ。全身に電流が走り、思わず百面鬼は片膝を落とす恰好《かっこう》になった。

数秒後、反対側の首筋に尖鋭《せんえい》な痛みを覚えた。すぐに体内に液体を一気に注入された。

青酸カリの水溶液を注射されたのか。だとしたら、自分も内山と同じように毒殺されることになるのだろうか。

百面鬼は大きく首を巡《めぐ》らせた。

すぐそばに妻木が立っていた。右手に黒っぽいスタンガンを持ち、左手には半透明の注射器を手にしている。ポンプの中は空っぽだった。

「てめえが内山の和風弁当のおかずに青酸カリの水溶液を注射器で注入したんだな？」

「そうだ」

「同じ方法で、おれも殺す気なのかっ」

「おまえに注射したのは全身麻酔薬の溶液だよ。もう間もなく全身が痺《しび》れはじめ、意識も霞《かす》むだろう」

「なんで、あっさり殺さねえんだっ」

「それじゃ、面白くないからな。後で、また会おう」

妻木が数歩退《さ》がった。

百面鬼は反動をつけて、一気に立ち上がろうとした。

しかし、体が動いてくれなかった。四肢の筋肉が強張《こわば》り、自分の体も支えきれなくなった。百面鬼は頽《くずお》れた。目が回り、やがて意識が混濁した。

第五章　無頼刑事の慟哭《どうこく》

1

女の喚《わめ》き声が耳を撲《う》った。

美寿々の声だった。麻酔から醒《さ》めた百面鬼は、床に転がされていた。体の自由が利かない。後ろ手に革手錠を嵌《は》められ、両方の足首にはボウリングボール大の鉄球を括《くく》りつけられている。俯《うつぶ》せだった。

百面鬼は身を反《そ》らし、顎を浮かせた。首をゆっくりと巡らせる。

スチールのデスクが四卓あった。壁は、ほぼパネル写真で埋め尽くされていた。

F－4EJ戦闘機、涙滴《ティア・ドロップ》型潜水艦うずしお、護衛艦くらま、74式戦車、地上攻撃用ヘリコプターのヒューイ・コブラ、短距離地対空誘導弾発射機などの写真パネルだ。

どれもカラー写真だった。

全日本隊友連《たいゆうれん》と染め抜かれた旗も目に留《と》まった。ここは、陸海空自衛隊ＯＢの親睦《しんぼく》団体の事務局なのだろうか。

仕切りドアの向こうから、また美寿々の怒声が響いてきた。抗《あらが》う気配も伝わってくる。

「妻木、どこにいるんでえ。おれの女に何してやがるんだっ」

百面鬼は大声を張り上げた。

足音が聞こえ、仕切りドアが開けられた。最初に目に飛び込んできたのは、全裸の美寿々だった。両手を後ろで針金で縛られ、床に正坐させられていた。その近くには、引き裂かれた衣服とランジェリーが散乱している。

美寿々の前には、帝都ホテルで見かけた大男が立っていた。右手に握っているのは、美寿々から奪った消音器付きの自動拳銃だ。

「おめざめか」

黒いスポーツキャップを被った男が近づいてきた。三十歳そこそこだろう。見覚えはない。

「妻木はどこにいる？」

百面鬼は訊《き》いた。

「ここにはいないよ」

「てめえらも自衛官《エイカン》らしいな。ここは、自衛隊OBの親睦団体の事務局だなっ」

「そうだよ」

「友部は何を考えてるんだ？」

「ヒントをやろう。だいぶ前、アフガニスタンの後方支援をしてた自衛官が現地で死んだことを憶《おぼ》えてるか？」

「そんなことがあったな」

「マスコミでは不運な事故死と報じられたが、本当は流れ弾に当たって死んだんだよ。その男に国が払った弔慰金《ちょういきん》はいくらだと思う？」

「三千万ぐらいじゃねえのか」

「その半分の一千五百万円だよ。自衛官の命は安過ぎる！」

「国外に派兵されてる奴らが現地で死んだら、一億円貰《もら》えることになったはずだ」

「それでも弔慰金は安過ぎる。おれたちは国のために命懸けで働いてるんだぞ。いまの政治家どもは間違ってる。外面《そとづら》ばかり気にして、国連の運営費の約十パーセントを負担して、いまもアジアやアフリカの経済発展途上国に巨額のODAを回してる」

「そういう金を自衛隊に回すべきだって言いたいのかっ」

「そうだ。いま、この国は北朝鮮の核の脅威に晒《さら》されてる。中国の軍事力も侮《あなど》れない。それなのに、政府は防衛費を大幅には増やそうとしない。海外派兵させながら、自衛隊員の戦闘行為は認めてないよな？」

「現憲法を無視できないだろうが、与党だって」

「憲法を変えるべきなんだ。自衛隊は、れっきとした日本の軍隊なんだよ。外国の連中は、誰もが自衛隊のことをジャパニーズ・アーミーと呼んでる。憲法を気にして民主的なことを言ってるが、要するに軍隊なんだよ」

「友部は『ヤマフジ』からせしめた四十億円の身代金を使って、現職自衛官たちに反乱を起こさせる気なのか？」

「クーデターなんか起こしても、成功は望めない。友部先生は、もっと効果的なことを考えてる。いずれ、きれいごとだらけの憲法は大幅に改正されるだろう」

スポーツキャップの男が自信たっぷりに言った。

そのとき、美寿々が短い悲鳴をあげた。どうやら大男に平手打ちを見舞われたようだ。

「面白いショーがはじまったな」

スポーツキャップの男がうそぶいた。

百面鬼は顔を上げた。なんと大男は性器を剝《む》き出しにしていた。まだ欲望はめざめていない。

「てめえ、何を考えてるんだっ」

百面鬼は大男に罵声《ばせい》を浴びせた。巨身の男がうっとうしそうに顔をしかめ、スポーツキャップの男に命じた。

「小西《こにし》、そいつを黙らせろ！」

「わかりました」

小西と呼ばれた男が屈《かが》み込み、百面鬼の首筋にコマンドナイフを密着させた。刃渡りは十四、五センチだった。

「おれの女に妙なことをしやがったら、てめえら二人をぶっ殺すぞ」

百面鬼は吼《ほ》えた。

すぐに小西がナイフを持つ手に力を込めた。百面鬼は首に痛みを覚えた。浅く傷つけられたことは間違いない。血がにじみはじめた。

百面鬼は痛みに耐えながら怒声を発しつづけた。小西が呆《あき》れ顔で、巨漢に声をかけた。

「香取《かとり》さん、こいつの頸動脈《けいどうみゃく》を搔《か》っ切ってもいいですか？」

「始末するのは、まだ早い。友部先生はその男を生け捕りにしろとおっしゃったんだ」

「だけど、気が散って娯《たの》しめないでしょ？」

「余計なことを……」

大男の香取が言って、いきなり美寿々の頭髪を引っ摑《つか》んだ。そのまま引き寄せ、女殺し屋の整った顔を自分の股間《こかん》に導く。

「しゃぶるんだ」

「冗談じゃないわ。殺されたって、あんたの男根《ディック》なんかくわえない」

「強がりもいい加減にしろ」

「くたばれ《ファック・ユー》！」

美寿々が香取を罵《ののし》り、口を強く引き結んだ。

香取が無言で半歩退《さ》がった。次の瞬間、美寿々は鳩尾《みぞおち》を蹴られた。強烈な前蹴りだった。

すると、美寿々が唸《うな》りながら、横倒しに転がった。

香取は美寿々の乳房に蹴りを入れた。美寿々が苦しげに呻《うめ》きながら、裸身を丸める。

「おまえは友部先生を裏切った。一千万の着手金を受け取っておきながら、労働貴族たち三人を片づけなかったよな。きのうまでにカタをつけるという約束だったはずだぞ」

「なぜか気乗りしなくなったのよ。一千万は返すわ。それで、文句ないでしょうが！」

「もう遅い！」

香取が冷ややかに言い、自分の性器を左手でしごきはじめた。黒光りした陰茎が頭をもたげた。

「てめえらがやったことには目をつぶってやらあ。その代わり、おれの彼女は解放してやってくれ。頼む！」

百面鬼は美寿々を救いたい一心で、自分のプライドを棄てた。

香取が薄く笑って、美寿々の背後に回った。ペニスは勃起《ぼっき》していた。美寿々を犯す気になったのだろう。

「逃げろ！　全身で暴《あば》れるんだ」

百面鬼は美寿々に大声で言った。

美寿々が横向きになって、何度も蹴りを放つ。しかし、横蹴りは一度も香取には届かなかった。美寿々が俯《うつぶ》せになって、肩を左右に振った。だが、数十センチも進めなかった。

「いい尻《けつ》してるな」

香取が左腕で美寿々を手繰《たぐ》り寄せ、消音器の先端を彼女の脇腹に押し当てた。

美寿々が身を竦《すく》ませた。次の瞬間、香取がワイルドに体を繋いだ。

「やめて！　離れてよっ」

美寿々が叫んで、もがきはじめた。百面鬼は怒号を発した。

「おとなしく見物してろ」

小西がコマンドナイフの刃を垂直に立てた。刃先を滑らされたら、頸動脈から血煙が上がるだろう。それでも、かまわない。

百面鬼は声を張りつづけた。小西はコマンドナイフを滑らせようとはしなかった。

香取が膝立ちの姿勢で抽送《ちゅうそう》を加えはじめた。美寿々は懸命に逃《のが》れようとするが、ほとんど体は動かない。

「もっと暴れろよ。おまえが動くたびに、ナニに刺激が加わってくる。いい感じだよ」

香取は言いながら、がむしゃらに突きまくった。突いて、突いて、突きつづける。腰の捻《ひね》りは加えなかった。ひたすら突くだけだった。

やがて、香取は果てた。口の中で呻き、息を長く吐く。体を離すと、美寿々が血を吐くような声をあげた。

「わたしを殺しなさいよ。早く撃って！」

「レイプされたぐらいで、大騒ぎするな。別に減るもんじゃないだろうが」

「豚野郎！」

「気が強い女だ」

香取が萎《な》えかけた性器をスラックスの中に戻し、ゆっくりと立ち上がった。

「てめえを必ずぶっ殺してやる！」

百面鬼は香取を睨《ね》めつけた。美寿々をどう慰めればいいのか。頭の中で必死に言葉を探したが、結局、何も言えなかった。

「おい、選手交代だ」

香取が小西に声をかけた。小西がにやにやしながら、勢いよく立ち上がった。

「早く突っ込んでやれ」

「え、ええ」

小西が美寿々に接近した。入れ代わりに香取がこちらの部屋に入ってきた。

「好きな女が自分の目の前で姦《や》られるのを見るのは、どんな気持ちだ？　自殺したくなるほど屈辱的だろうな」

「うるせえ。クズ野郎、黙れ！」

「虚勢を張るなって。小西は、女の後ろの穴に突っ込むのが好きなんだよ」

「てめえらは人間じゃねえ」

百面鬼は香取に怒りをぶつけ、小西にも怒鳴った。だが、小西は振り向きもしなかった。コマンドナイフを美寿々の股の下に潜《くぐ》らせる。刃が上だった。

「おい、もっと尻《けつ》を後ろに突き出せよ」

「刺しなさいよ、そのナイフで」

美寿々が言い返した。

ほとんど同時に、コマンドナイフが動いた。美寿々が呻く。はざまから血の雫《しずく》が滴《したた》り落ちた。

「てめえ、なんてことしやがったんだっ」

百面鬼は小西を睨みつけた。

小西が美寿々の白い背中を浅く斬りつけ、左手で猛《たけ》った分身を摑み出した。美寿々は背を弓なりに反らしながら、痛みに呻いている。

小西がペニスを後ろの部分に当てがい、ぐいっと腰に力を入れた。

だが、陰茎《いんけい》は沈まなかった。小西はいったん腰を引いた。気合を発しながら、もう一度同じことを繰り返した。美寿々が高い声を迸《ほとばし》らせた。

小西はコマンドナイフの切っ先で美寿々の白い肌をつつきながら、腰を使いはじめた。

百面鬼は絶望感に打ちのめされた。無力な自分を呪う。

「やっぱり、小西は後ろに突っ込んだな」

香取が言った。歪んだ笑みを浮かべている。

百面鬼は言葉の代わりに、唾《つば》を吐いた。香取は嘲笑しただけだった。

小西の息遣《いきづか》いが乱れはじめた。

背中の傷が痛むのか、美寿々はもう暴れなくなっていた。あるいは、苛酷《かこく》な運命を受け入れる気になったのだろうか。

「尻を振れよ。早く振れって」

小西が前後に烈《はげ》しく動きながら、美寿々に注文をつけた。しかし、美寿々はなんの反応も示さない。

「かわいげのない女だな」

小西がダイナミックに突きながら、コマンドナイフを美寿々の喉元《のどもと》に回した。

「糞野郎！」

美寿々が憎々しげに叫んだ。小西が右腕を大きく動かす。美寿々が断末魔の叫びをあげ、くたりと床に伏した。

ナイフの切っ先から、赤い雫《しずく》が垂れている。小西が腰を引く。迸《ほとばし》った精液が、美寿々の腰と尻を汚した。美寿々は微動だにしない。首の下の血溜《ちだ》まりがみるみる拡《ひろ》がりはじめた。

「女を殺《や》ってしまったらしいな」

香取が小西に言った。

「どうせ始末することになってたんだから、別に問題はないでしょ？」

「まあな」

「少し尻を動かしてくれれば、きれいな殺し方してやったのに」

小西が呟いて、ハンカチで汚れた分身を拭いはじめた。百面鬼は気がおかしくなりそうだった。このままでは女殺し屋は浮かばれない。

なんとか反撃のチャンスを掴みたい。百面鬼は必死に考えつづけた。少し経つと、妙案が閃《ひらめ》いた。

「おれは、その女に心底惚れてたんだ。もう生きてはいないようだが、体温があるうちに彼女とセックスさせてくれねえか」

「お、おまえ、屍姦《しかん》をしたいのか!?　まだ温《ぬく》もりはあるだろうが、もう死体なんだぞ」

「わかってるよ。好きな女の死体なら、少しもおぞましいとは思わない」

「クレージーだな、おまえは。しかし、屍姦のライブショーはちょっと観《み》てみたい気もする。わかった、おまえの望みを叶《かな》えてやろう」

香取が消音器付き拳銃を床に置き、まず足枷《あしかせ》を外した。

「革手錠も外してくれ」

「そのままでも屍姦はできるだろうが」

「頼むから、革手錠も外してくれ！」

百面鬼は言った。

香取は少し迷ってから、革手錠を解いた。百面鬼は横に転がり、ヘッケラー&コッホP7M8を拾い上げた。

スライドを手早く引き、香取の腹部を撃つ。少しもためらわなかった。消音器からは、かすかな発射音が洩《も》れただけだった。

香取が腹を押さえながら、尻から床に落ちた。

「き、きさまーっ」

小西がコマンドナイフを投げ捨て、ベルトの下からブローニング・ハイパワーを引き抜いた。

「くたばれ！」

百面鬼は先に小西の顔面を撃ち砕いた。一瞬も迷わなかった。小西は鮮血と肉片を撒《ま》き散らしながら、壁まで吹っ飛んだ。それきり動かない。

「形勢が変わったな」

百面鬼は香取の体を探り、自分のシグ・ザウエルP230Jを取り返した。それをホルスターに突っ込み、ゆっくりと立ち上がる。

百面鬼は無駄と知りつつ、美寿々に大声で呼びかけた。やはり、なんの応答もなかった。

「友部はどこにいる?」

「おれは知らないよ。妻木さんはおれたちには、友部先生の居所を教えてくれなかったんだ」

「そうかい。けど、おれはてめえの言葉をそのまま鵜呑《うの》みにはしねえぞ」

「ど、どうする気なんだ!?」

香取が怯《おび》えはじめた。

「てめえが正直者かどうか、体に訊《き》いてみらあ」

「おれを蹴りまくる気なのか」

「読みが浅《あせ》えな」

百面鬼は言うなり、香取の右の太腿《ふともも》に九ミリ弾を撃ち込んだ。香取が野太《のぶと》く唸《うな》って、体を左右に振った。

「弾切れになるまで急所を外しながら、一発ずつお見舞いする」

「もう撃たないでくれ。本当なんだよ、さっきの話は」

「さあ、どうかな」

百面鬼は香取の右肩を撃ち、銃把《グリップ》から弾倉《マガジン》を引き抜いた。フルでマガジンには九発入る。残弾は七発だった。

弾倉をグリップの中に戻し、スライドを引く。九ミリ弾を薬室《チャンバー》に送り込んだとき、香取が呻き声で言った。

「友部先生は、多分、元防衛大臣の高見沢慎一郎《たかみざわしんいちろう》先生に匿《かくま》われてるんだろう」

「憲法改正を声高《こわだか》に叫んで、数年前に大臣のポストを失った民自党のタカ派議員と友部とはどういう関係なんだ？」

「そ、それは……」

「ばかな野郎だ」

百面鬼は冷笑し、香取の左の膝頭を撃った。香取が唸りながら、小便を漏らしはじめた。極度な恐怖には克《か》てなかったのだろう。

「こ、殺さないでくれ。お願いだよ。高見沢先生は民自党を離れて、新保守派《ネオコン》の学者、検事、警察庁幹部、判事、弁護士、医者、ジャーナリストたちを政界進出させようとしてるんだ。もちろん自分が新党の党首になって、ナショナリズムに基づいた政策を前面に押し出す気でいる」

「友部も政界入りしたいと考えてるんだな？」

「そうだよ。しかし、選挙資金がなかなか集まらないので、銀行や消費者金融から金をせしめようとしたんだ」

「で、妻木の部下たちにメガバンクの支店長を四人拉致させて身代金を要求した。けど、要求は突っ撥《ぱ》ねられた。それで、今度は友部の従弟《いとこ》の平井弓彦を抱き込んで、内山、折戸、水原の三人に東西銀行新宿支店の須貝支店長を誘拐させたんだな？」

「そう。けど、それも失敗に終わってしまった。成功したのは、『ヤマフジ』から四十億円をせしめたことだけだよ」

「その金は、どこにある？」

「おれたち下っ端には、そこまではわからないよ。嘘じゃない」

「ま、いいさ。それは、いずれわかるだろうからな。ところで、内山たち三人は友部に脳にバイオチップを埋め込まれて、マインドコントロールされてたんだろ？」

「詳しいことは知らないが、そうみたいだな」

「『神の使者たち』という架空のテロ集団の犯行と見せかけて、元首相ら七人の実力者たちを抹殺したのは平井の後輩たちなんだなっ」

「そうだよ」

「わざわざそんなことをさせたのは、銀行の支店長拉致事件も『神の使者たち』の犯行と見せかけたかったからなんじゃないのか？」

「捜査の目を逸《そ》らすという狙いもあったと思うが、高見沢先生や友部先生は新党結成の邪魔をしそうな七人の怪物を早めに抹殺したかったんだろう」

「なるほどな。高見沢の自宅はどこにあるんだ？」

「田園調布《でんえんちょうふ》だよ。えーと、五丁目だったかな」

「もう用なしだ。くたばりな」

百面鬼は香取に近寄り、頭部に三発ぶち込んだ。香取は目を見開いたまま、息を引き取った。恨めしげな形相《ぎょうそう》だった。

百面鬼は隣室に移り、変わり果てた美寿々を抱き起こした。喉は大きく裂けていたが、温もりは残っていた。縛《いまし》めをほどく。百面鬼は涙が涸《か》れるまで、美寿々の亡骸《なきがら》を抱きつづけた。どこか山の中に埋葬してやるつもりだ。

百面鬼は美寿々を仰向けに横たわらせると、衣服を拾い集めはじめた。

2

窓のドレープカーテンを引き千切《ちぎ》る。

百面鬼は二枚のカーテンで美寿々の死体を包み込んだ。それから小西の体を探り、ブローニング・ハイパワーと車の鍵《キー》を奪った。

百面鬼は隣室に移り、香取のインサイドホルスターからコルト・ガバメントを抜き取った。装弾数は七発だった。

百面鬼は用心しながら、いったん事務局を出た。雑居ビルの三階であることがわかった。エレベーターで一階に降り、雑居ビルの外に出る。JR高円寺《こうえんじ》駅の近くだった。

小西たちが乗り回していたパジェロは、少し離れた場所に駐《と》めてあった。百面鬼は四輪駆動車を雑居ビルの真ん前に移動させ、三階の事務局に戻った。

ここに何か手がかりになるものがあるかもしれない。

百面鬼は、スチールのデスクの引き出しをすべて開けてみた。隊友連の会員名簿が見つかった。

会員数は一万数千人だった。会長は元陸将で、高見沢慎一郎は最高顧問になっていた。

会計報告書も引き出しに収まっていた。全日本隊友連は昨年一年間で、高見沢の後援会に六千万円を寄附していた。

この数字はあくまでも表向きで、裏では億単位の金を寄附したのだろう。

百面鬼は会計報告書を引き出しの中に戻し、スチールのキャビネットの中を検《あらた》めた。

新党結成関係と表書きされたファイルが目に留《と》まった。百面鬼はファイルを抜き出し、書類に目を通した。

高見沢は来春、保守系の新政党を旗揚げする気でいるようだ。支援組織に六十万人の信者を擁《よう》する新興宗教団体、民族系石油販売会社、全日本隊友連、防衛省医官OB会などが名を連《つら》ねている。

また、新党立候補者の氏名も列記されていた。現職の検事、警察庁幹部、弁護士、ジャーナリスト、軍事評論家、医者のほか、有名な野球解説者やプロゴルファーもリストアップされていた。もちろん、友部恭輔の名も載っていた。

ファイルをキャビネットに戻したとき、上着の内ポケットで私物の携帯電話が鳴った。

百面鬼は携帯電話を取り出し、ディスプレイの文字を読んだ。発信者は久乃だった。

「まだ仕事なんでしょ？」

「ああ。ちょっと厄介《やっかい》な事件を担当したんで、帰りは遅くなるだろう。最近は一緒に夕飯を喰う機会が少なくなったな」

「ううん、そんなことはいいの」

「なんか様子がいつもと違う。何かあったのか？」

「たいしたことじゃないんだけど、少し気になることがあったのよ」

「話してみてくれ」

「ええ。夕方ね、中目黒のフラワーデザイン教室を出たとき、思いがけない男性を見かけたの」

「誰なんだ？」

「竜一さんと警察学校で同期だった郷さんよ」

「郷は、職務で中目黒に出かけたんだろう」

「それがね、どうもおかしいの。わたしをマークしてたような感じだったのよ。郷さんとは何度か会ってるのに、わたしを見て、彼、慌《あわ》てて背を向けたの」

「まともに目が合ったのか？」

「ええ、ほんの一瞬だったけどね。知らない間柄じゃないんだから、会釈《えしゃく》ぐらいするでしょ？」

「そうだな。で、郷はそのまま遠ざかっていったのか？」

百面鬼は訊《き》いた。

「ええ、そうなの。まるで何か悪いことをして、こそこそと逃げ出すような様子だったわ」

「だとしたら、奴は久乃の動きを探ってたのかもしれないな。そのほかに何か気になることは？」

「そういえば、渋谷の教室に午後一時過ぎに『月刊フラワーアレンジメント』の編集部の者と名乗る男が電話をしてきて、わたしのきょう一日のスケジュールを教えてくれと言ったらしいの。電話に出た助手の女の子はてっきり取材の申し込みだと思ったようで、正直にわたしの日程を教えちゃったんだって」

「その電話をかけた野郎が郷だとしたら、ちょっと気になるな」

「竜一さん、彼と何かで仲違《なかたが》いでもした？」

「いや、してないよ。郷にはちょくちょく会って、情報を提供してもらってたんだ」

「そうなの」

「あの野郎、久乃に惚れやがったのかな。最近、仕事に情熱を失ってるみたいだったから、女に走りはじめたのかもしれない」

「そうだったとしても、警察学校で同期だった友人の彼女にちょっかい出す気にはならないでしょ？」

「それはわからないぞ。久乃は、いい女だからな。それに男にとって、友人の妻や恋人を寝盗《ねと》るのは最高に愉《たの》しいことらしいよ。スリリングな裏切りがたまらないんだろうな」

「もし郷さんに言い寄られたとしても、わたし、絶対になびいたりしないわ。彼みたいなタイプは苦手だもの」

「久乃の好みじゃないことはわかってる。それはともかく、郷がまたストーカーめいたことをやったら、すぐ教えてくれな」

「ええ。でも、あんまり事を荒立てたりしないでね。竜一さんと彼は長いつき合いなんだから」

「別にあいつは親友ってわけじゃない。おれに不快な思いをさせたら、即、友達は解消するよ」

「そんなことになったら、なんか責任を感じちゃうな」

「何も久乃が責任を感じることはないよ」

「なるべく穏便《おんびん》に済ませてね」

久乃がそう言い、電話を切った。

郷は、いったい何を考えているのか。百面鬼はいったん電話を切り、すぐに郷の刑事《ポリ》用携帯電話《スモード》を鳴らした。なぜだか、電源は切られていた。私物の携帯電話も同じだった。郷の自宅の固定電話にかけ直す。待つほどもなく郷の妻が受話器を取った。百面鬼は名乗った。

「わっ、しばらくです。すっかりご無沙汰《ぶさた》してしまって」

「旦那の携帯、電源が切られてたんだ。風呂にでも入ってるのかな」

「いいえ、まだ帰宅してないんですよ。今夜は知り合いの方と会うことになってるから、帰宅が深夜になると言って出かけたんです」

「知り合いって、誰なの？」

「百面鬼さんだから、話しちゃいます。夫は公安刑事に見切りをつけて、別の生き方をしたいと考えはじめてるんですよ」

「郷は転職を考えてたのか。それは、まったく気づかなかったな」

「まだ転職先が決まったわけではありませんので、百面鬼さんには何も言わなかったんでしょう」

郷の妻が言った。

「水臭い奴だ。彼は、郷はどんな仕事をやりたがってるのかな。おれに協力できることがあったら、力になるよ」

「夫は政治関係の仕事に携《たずさ》わりたがってるんです」

「あいつ、区議選か都議選に出馬する気になったの!?」

「ううん、そうじゃないんです。政治家の公設秘書になりたいようなんですよ。間接的でも国政に関わるような夢のある仕事をしたがってるの。過激分子を尾行するなんて仕事は、ちっぽけだと言って……」

「郷は政治家とコネがあったっけ？　警察のキャリア組が何人も国会議員になってるが、彼がそういう政治家とつき合いがあるって話は一度も聞いたことなかったな」

「ええ、そうでしょうね。でも、今夜会うことになってる方が何か橋渡しをしてくださるみたいなの」

「その知り合いというのは政治家なんだろうな」

「いいえ、お医者さんなの。防衛省で医官をなさってたらしいんだけど、いまはご自分で神経科クリニックを開業されているという話だったわ。その方は来春、政界に転身されるそうなんですよ」

「そう」

百面鬼は内心の動揺を抑《おさ》え込んで、もっぱら聞き役に回った。

どうやら郷は友部恭輔に巧《たく》みに抱き込まれ、百面鬼の動きを探っていたようだ。公安刑事にはたやすいことだったろう。

郷はスパイ行為の見返りとして、友部が政界入りした暁《あかつき》には公設秘書にしてもらえる約束を取りつけたにちがいない。あるいは、新政党の党首になる高見沢の秘書にでもなろうとしているのか。

百面鬼は、郷と無防備に接してきた自分の軽率さを悔やんだ。これまで無数の海千山《うみせんやま》千《せん》の悪党たちと騙《だま》し合いを重ね、人間の裏表をうんざりするほど見てきた。

善良そうに映っても、腹黒い男はたくさんいる。金や女に弱い男は、それこそ五万といた。野望家なら、平気で身内や友人を裏切るものだ。女や弱者を喰《く》いものにする卑劣《ひれつ》漢《かん》も少なくない。

ほとんどの人間は狡猾《こうかつ》で、本質的にはエゴイストだ。そんなことは百も承知だったが、気心の知れた相手にはつい警戒心を緩《ゆる》めてしまった。それが人間の弱さであり、油断なのだろう。それにしても、忌々《いまいま》しい気持ちだ。

「百面鬼さん、どうなさったんですか」

「え？」

「急に黙り込まれたので……」

「申し訳ない。ちょっと考えごとをしてしまったんだ」

「そうだったんですか。外から夫がここに電話してきたら、百面鬼さんに連絡させましょうか？」

「いや、いいよ。別に急用ってわけじゃないから、明日にでも郷に連絡してみる」

「そうしていただけますか」

郷の妻が通話を切り上げた。

百面鬼は通話終了ボタンを押し、私物の携帯電話を懐に戻した。

そのとき、事務局のドアが開いた。黒いフェイスマスクを被った男がのっそりと入ってきた。戦闘服姿だった。男は無言のまま、右腕をまっすぐに伸ばした。消音器を装着させたUSソーコム・ピストルを握っていた。

百面鬼は身を屈《かが》め、スチールのデスクを楯《たて》にした。ヘッケラー＆コッホP7M8の銃把に手を掛けたとき、USソーコム・ピストルがかすかな発射音をたてた。

放たれた銃弾は机の脚をへこませ、天井まで跳《は》ねた。

百面鬼は中腰で横に動いた。すぐに二発目を見舞われた。弾が頭上を掠《かす》め、スチールのキャビネットを穿《うが》った。

「小西と香取の仇《かたき》を討たせてもらうぜ」

男が言いながら、無防備に歩み寄ってくる。

百面鬼は片方の足で、近くにある屑入《くずい》れを思い切り蹴った。男が足を止め、視線を泳がせた。

百面鬼は素早く立ち上がり、自動拳銃の引き金を絞った。銃弾は敵の肩に命中した。男の体が揺れる。百面鬼は、男の頭部を撃ち抜いた。男が後ろに引っくり返った。

百面鬼は男に近づき、血糊《ちのり》でぬめるフェイスマスクを剝《は》ぎ取った。

烏帽子山のトレーラーハウスの中にいた男だ。妻木の手下だろう。

百面鬼は、死んだ刺客の戦闘服のポケットをことごとく探った。だが、身許のわかるようなものは何も所持していなかった。

「銭《ぜに》にならねえ殺しばっかりだな」

百面鬼は消音器付きの自動拳銃をベルトの下に差し込み、美寿々の死体に歩み寄った。

腰の後ろにブローニング・ハイパワーとコルト・ガバメントを帯びているせいか、少々、歩きづらかった。

シグ・ザウエルP230Jを含めれば、自分は四挺《ちょう》の拳銃を持っている。USソーコム・ピストルは、そのままにしておくことにした。

百面鬼は、ドレープカーテンにくるんだ美寿々の遺体を左肩に担《かつ》ぎ上げた。血の臭いの漂う事務局を出て、エレベーターに乗り込む。

幸運にも、誰にも見られなかった。百面鬼は雑居ビルを出て、パジェロのリア・シートに死体を寝かせた。四輪駆動車の運転席に入り、戦利品の三挺の拳銃を助手席の下の床《フロア》に置く。

狭山《さやま》湖畔の雑木林の中に埋めてやることに決めた。

百面鬼は車を発進させた。

青梅《おうめ》街道から新青梅街道をたどって、狭山湖の西側まで進む。瑞穂《みずほ》町寄りに適当な自然林があった。百面鬼は林道の奥にパジェロを停め、美寿々の亡骸《なきがら》を肩に担いだ。

人目につきにくい場所に死体を置き、樫《かし》の太い枝を三本へし折った。小枝や葉を払い落とし、地面の柔らかい場所を探した。

枯葉《かれは》や朽葉《くちば》を足で払いのけ、太い枝と両手で地べたを掘り起こしはじめた。スコップのようには土を掻き起こせない。穴を掘ることは、想像以上に骨が折れた。
十五、六分も経つと、全身が汗ばみはじめた。長さ二メートル、幅一メートル、深さ六十センチの穴を掘るのに二時間ほど要した。息が上がりそうだった。
百面鬼は亡骸を穴の中に仰向けに横たわらせて、長く合掌した。

美寿々はクリスチャンだったのかもしれない。しかし、自分流の弔《とむら》い方しか思い浮かばなかった。

「そっちのことは死ぬまで忘れないよ。いい思い出をありがとな」

百面鬼は経文《きようもん》を唱《とな》えてから、遺体の上に土を被せた。埋め戻した土を踏み固め、野の花を手向《たむ》ける。

百面鬼は線香代わりに、火の点いた葉煙草《シガリロ》を土に垂直に立てた。たなびく煙を見つめていると、胸の奥から悲しみが迫《せ》り上げてきた。

百面鬼はサングラスを外して、ひとしきり男泣きに泣いた。自分のせいで若死にしてしまった松丸勇介のことも思い出し、なかなか涙は止まらなかった。

「時々、会いに来るよ」

百面鬼は手の甲で涙を拭って、サングラスをかけた。

闇が一層、深くなった。サングラスをかけ馴れているからか、暗さが歩行に支障をきたすことはなかった。

百面鬼は林の中から出た。

パジェロに乗り込もうとしたとき、他人の視線を感じた。振り向くと、折戸と水原が林道に立っていた。どちらもイスラエル製の短機関銃《サブマシンガン》を手にしている。全自動《フルオート》で扇撃《ファニング》ちされたら、被弾しかねない。

百面鬼は林の中に逃げ込み、奥に向かった。

折戸たち二人が猛然と追ってくる。交互に立ち止まり、半自動《セミオート》で掃射してきた。足許に着弾するたびに、心臓がすぼまった。百面鬼は林の中を逃げ回り、楠《くすのき》の大木によじ登った。横に張り出した太い枝の上に乗り、敵の二人が接近してくるのを待つ。

二分ほど過ぎたころ、折戸がほぼ真下に立った。

百面鬼はショルダーホルスターから自動拳銃を引き抜いた。スライドを滑らせる音が意外に高く響いた。

折戸がぎくりとして、楠の巨木を仰《あお》いだ。百面鬼は発砲した。

前頭部に被弾した折戸が仰向けに倒れた。そのまま動かない。

「折戸君、大丈夫か？　返事をしてくれ」

水原がそう言いながら、楠の巨木に走り寄ってきた。

百面鬼は片足で太い枝を踏んで、小枝を揺さぶりたてた。葉が小さく鳴る。

「そこにいたのかっ」

水原がウージーの銃口を上げた。

百面鬼はシグ・ザウエルＰ230Ｊの引き金《トリガー》を人差し指で強く引いた。

銃声がこだました。放った銃弾は水原の片目を潰《つぶ》し、脳味噌を四散させた。水原は両腕をV字に掲げ、灌木《かんぼく》の上に倒れ込んだ。身じろぎ一つしない。

「終わったな」

百面鬼は拳銃をホルスターに戻し、地上に降りた。

林道に出て、パジェロに乗り込む。百面鬼は来た道を引き返し、青梅街道から環八《かんぱち》通りに入った。

田園調布の邸宅街に入ったのは、およそ一時間後だった。

高見沢の自宅は五丁目の真ん中あたりにあった。豪邸だった。三百坪は優にあるだろう。広い敷地に、モダンな造りのコンクリート建ての家屋がそびえている。三階建てだ。

庭木が多い。門扉《もんぴ》の周辺だけではなく、庭の中や石塀の上にも防犯カメラが設置されている。

家屋の周りには、赤外線センサーが張り巡らされているのだろう。たとえ庭先に忍び込むことができたとしても、高見沢や友部に肉薄することは難しそうだ。

別の作戦を練ってみることにする。

百面鬼は高見沢邸の前を走り抜け、パジェロを日比谷の帝都ホテルに向けた。まさか地下駐車場に置いてある覆面パトカーを盗むような者はいないだろう。

3

インターフォンが鳴った。

百面鬼はリビングソファから立ち上がった。久乃の自宅マンシ

美寿々が殺されたのは三日前だ。その翌日、百面鬼は郷の職場をある。

だが、郷は無断欠勤していた。自宅に回ってみたが、妻も夫の行方を

郷は百面鬼に裏切りを覚《さと》られたと察して、身を隠したと思われる。

百面鬼は玄関に急ぎ、ドア・スコープに片目を寄せた。

来訪者は見城だった。女殺し屋が葬られたことは電話で話してあった。百面鬼は

を開け、相棒を居間に通した。

ソファに坐ると、見城が先に口を開いた。

「あの女殺し屋がもうこの世にいないなんて、とても信じられない」

「おれだって、なんか悪い夢を見てるみたいだよ。およそ現実感がない」

「だろうね。おれも里沙に死なれたときは同じだったよ。当分、辛いだろうが、百《どう》さん、あまり自分を責めないほうがいいね」

「似たような台詞《せりふ》を見城ちゃんに言ったな、里沙ちゃんが死んだときにさ」

「そうだったね。時が少しずつ悲しみを薄れさせてくれると思うよ。それまで耐えるほかないね」

「耐えるよ。それはそうと、まだ郷の居所がわからねえんだ。野郎を取っ捕まえて、弾《たま》除《よ》けにしようと思ってたんだが……」

「チンケなスパイ野郎なんか弾除けに使えないんじゃないか。友部にしろ、高見沢にしろ、郷の命なんかどうとも思っちゃいないだろうからね。郷は、ただ利用されただけなんだろう」

「多分な」

「それより、七海が友部の自宅に仕掛けてくれた盗聴器と連動してる自動録音
回収してきたんだ」

「何か動きがあったんだな？」

百面鬼は問いかけた。

見城が黒い上着のポケットから自動録音装置付き受信機を取り出し、再生ボタンを押した。

——和代《かずよ》、わたしだ。

——あなた、ずっとクリニックにはいなかったようだけど、いったい何があったの？

——高見沢さんの自宅に匿《かくま》ってもらってたんだよ。われわれの新政党旗上げを阻止したがってる連中に命を狙われてるんだ。

——えっ!? だったら、警察に保護を求めたほうがいいわ。

——いや、そこまですることはないだろう。この程度のことで怯《おび》えてたら、国会議員にはなれないよ。

——だけど……。

——心配ない。実は少し前から、高見沢さんの真鶴《まなづる》の別荘にいるんだよ。田園調布のご自宅に世話になってると高見沢さんに迷惑が及ぶかもしれないので、そろそろ朝霧高原に戻ろうと思ってたんだが、セカンドハウスを使ってくれとおっしゃったんだ。そんなことで、しばらく高見沢さんの別荘に泊まることになったからね。

——どのくらい真鶴に？

——一週間かそこらで、カタがつくだろう。

——カタがつくって、どういう意味なの？

——われわれの計画を潰《つぶ》そうとしてる奴らを追っ払うってことさ。敵には弱点があるんだ。それを切札にして、対抗するつもりなんだよ。そうなったら、高見沢さんもわたしももう狙われなくなるだろう。

——そう。あなた、選挙資金のことなんだけど、実家を継いでる兄に相談したら、一億ぐらいなら、なんとか用立ててやってもいいと言ってくれたの。どうする？

——ありがたい話だが、義兄《にい》さんに甘えるわけにはいかない。支援団体がだいぶ増えたから、選挙資金はなんとか調達できるだろう。

——そうなの。それはよかったわ。

——それからね、昨夜、高見沢さんと正式な政党名を決めたんだ。『旭日青雲党《きょくじつ》』だよ。

——悪くない党名じゃないの。話を戻すけど、高見沢さんの別荘には、あなたひとりしかいないわけ？

——いや、死んだ従弟の後輩たちが身辺をガードしてくれてるんだ。彼らは射撃術や格闘技に長《た》けてるだけじゃなく、料理も上手なんだよ。サバイバル訓練を重ねた連中だから、鶏《にわとり》なんかも器用に捌《さば》くんだ。

——そういう方たちがいるなら、栄養の偏《かたよ》りは心配なさそうね。

——ああ。そういうことだから、もうしばらくクリニックを空ける。

——ええ、わかったわ。

——そうだ、用賀の家の周辺を怪しい男がうろついてないか？

——怪しい男って？

——サングラスをかけた剃髪頭《スキンヘッド》の男だよ。四十代の半ばで、がっしりとした体をしてる奴だ。

——そういう人物は見たことないけど、やくざなの？

——いや、殺し屋だと思うよ。選挙資金集めを手伝ってくれてた従弟の弓彦は、そいつに殺されたのかもしれないんだ。

——そうなの。

——その殺し屋らしい男の影が迫ったんで、わたしは従弟の告別式に出てやれなかったんだ。かわいそうなことをしてしまったよ。

——でも、仮通夜には顔を出したんだから、まったくの不義理をしたわけじゃないわ。

——そうなんだが、仲の良かった従弟だったからな。わたしが国会議員になったら、彼にも政界入りを勧めようと思ってたんだ。

——そうだったの。弓彦さんは前科のある人たちの更生に力を尽くしてたのに、無念だったでしょうね。彼を殺した犯人を死刑にしてやりたいわ。

――わ、わたしもそう思うよ。それじゃ、また連絡する。

友部が少し焦《あせ》った様子で電話を切った。

見城が録音音声を停止させた。

「友部の野郎、善人ぶりやがって。てめえが従弟の平井弓彦を始末させたんだろうが！」

百面鬼は言って、腕時計を見た。午後四時を過ぎていた。

「百《どう》さん、これから真鶴に行こう」

「おれひとりで大丈夫だって。敵からヘッケラー＆コッホP７M８、ブローニング・ハイパワー、コルト・ガバメントの三挺を手に入れたから、別荘に番犬どもがいたって、どうってことねえよ」

「百さん、番犬どもはヤー公じゃないんだ。あまり甘く見ないほうがいいって。おれも一緒に行く」

「そっちの気持ちは嬉しいけど、友部が『ヤマフジ』から手に入れた四十億円をいただけるかどうかわからねえぞ。見城ちゃんに只働《ただばたら》きさせて、借りをこさえたくないんだ。おれのほうが年上だからさ」

「金は嫌いじゃないが、それがすべてってわけじゃない。友部みたいな腐った野郎をのさばらせたままじゃ、男が廃《すた》る」

「後悔したって、知らねえぞ」

「おれたちは悪運が強い。そう簡単にはくたばらないよ」

「そう言ってくれるんだったら、見城ちゃんに助《す》けてもらうか」

「そうこなくっちゃ」

二人はハイタッチをした。

百面鬼は急いで着替え、見城とともに恋人の部屋を出た。二人はそれぞれの車に乗り込み、エンジンを始動させた。

百面鬼は先に覆面パトカーを発進させた。グローブボックスの中には、戦利品の三挺の拳銃が収まっていた。

見城のBMWが従《つ》いてくる。東名高速道路の秦野中井《はだのなかい》ICから二宮《にのみや》町を抜けて、西《せい》湘《しょう》バイパスを突っ走った。そのまま国道一三五号線をたどり、真鶴町に入る。

高見沢の別荘は真鶴岬《みさき》の突端近くにあった。白い洋館だった。別荘の庭から、海上に点々と連《つら》なる三ッ石《みいし》を望めるにちがいない。

まだ夕闇は淡かった。

二人は車を人目につきにくい場所に隠し、時間を遣《や》り過ごした。百面鬼は急に久乃のことが気にかかり、電話をしてみた。

「郷に尾行されてる気配は？」

「ううん、そういう気配はうかがえないわ」

「そうか。けど、気を緩《ゆる》めないでくれ。詳しいことは言えないが、郷はおれを陥《おとしい》れようと考えてるようなんだ」

「二人の間に何があったの？」

久乃が訊いた。

「奴は何か後ろめたいことをやってるようなんだ。そのことをおれに知られたんで、何か画策してるみたいなんだよ」

「もっと具体的には話してもらえないの？」

「いまは、まだ話せないんだ」

「そう」

「代々木のマンションに帰るときは、助手の女の子に同行してもらったほうがいいな。そうすりゃ、郷も下手なことはできないだろう」

「竜一さん、郷さんはわたしに何か危害を加えるつもりでいるの？　たとえば、殴るとか……」

「そういうことはしないと思うよ。けど、奴は久乃を拉致するかもしれないんだ」

「なぜなの？　わたしを人質に取って、あなたを誘《おび》き寄せようと考えてるわけ？」

「ああ、もしかしたらな。だから、フラワーデザイン教室から単独で帰宅するのは危険なんだよ。助手の女の子に協力してもらうことに抵抗があるんだったら、移動にはタクシーを使ってくれないか」

「ええ、そうするわ」

「久乃はバッグに防犯アラームを忍ばせてたよな？」

「ええ、何度か暗がりで痴漢に抱きつかれたことがあるから」

「郷が三メートル以内に接近してきたら、派手に防犯アラームを鳴らしてくれ。いいな？」

百面鬼は電話を切って、葉煙草《シガリロ》に火を点けた。

次第に黄昏《たそがれ》の色が濃くなり、夜空に月が浮かんだ。百面鬼は舌打ちした。月明かりは奇襲の妨《さまた》げになる。できれば、土砂降りの雨が望ましかった。

しかし、天候だけはどうにもならない。だからといって、翌日に侵入を延ばすわけにはいかなかった。状況が変わって、友部が深夜に別の隠れ家に移らないとも限らない。

後方のBMWから見城が降りたのは七時二十分ごろだった。

百面鬼はグローブボックスの中から三挺の拳銃を取り出し、見城にヘッケラー&コッホP7M8とブローニング・ハイパワーを渡した。残ったコルト・ガバメントをベルトの下に差し込んで、静かにクラウンから出る。

「おれは先に忍び込んで、建物の裏手に回り込む。見城ちゃんは表の出入口を封じてくれ」

「オーケー。洋館の中で騒ぎが起こったら、おれも押し入るよ」

「ああ、頼む。番犬どもは殺《や》っちまってもかまわないけど、友部は撃たないでくれ。奴には四十億円の隠し場所を吐かせるつもりなんだ」

「やっぱり、金に執着するわけか。相変わらず百《どう》さんは金銭欲が強いね」

「おれ自身は銭には不自由してないから、金はどうでもいいと思ってるんだ。けど、見城ちゃんを只働きさせるわけにはいかねえだろうが」

「だったら、前回の裏稼業で手に入れた泡銭《あぶくぜに》の中から謝礼を払ってくれてもいいんだよ」

見城が茶化した。

「七月に寄せた八億は美寿々と手を組んで命懸けで稼いだんだ」

「八億円もせしめてたの!?　百さんは確かおれには三億と言ったよな？」

「そうだったっけ。古い話なんで、もう忘れちまったよ」

「たった三カ月前の話じゃないか」

「美寿々に二億やって、五億を『あしなが育英会』に寄附したんだ。おれの取り分は一億だったんだが、半分ぐらい遣《つか》っちまったよ。五千万円前後は手許にあるけど、凄腕《すごうで》の強請屋にそんな小銭は渡せねえ」

「うまくごまかしたつもりだろうが、嘘は見え見えだって。百さんが遺児たちのために五億円も吐き出すなんて、まるであり得ないことだからね」

「バレちまったか。友部から銭を奪《と》れなかったら、見城ちゃんに二億回してやらあ」

「出す気もないくせに」

「見城ちゃん、いつから人の心が読めるようになったんだ？」

「やっぱりな。百さんにゃかなわないな」

「金に困ったときは、いつでも無利息で貸してやるよ」

百面鬼は軽口をたたいて、見城を目顔で促《うなが》した。

二人は白い洋館に向かった。低い木の柵《さく》があるだけで、防犯カメラは一台も設置されていない。敷地は四百坪前後だろう。洋館は道路から三十メートルほど奥まった場所に建っている。部屋数は十室近くありそうだ。

百面鬼は白い柵を跨《また》いで、洋館の裏手に回り込んだ。

裏庭は広かった。西洋芝が植わり、庭木がアクセントになっている。庭園灯はあったが、点いていない。

十畳ほどの広さのテラスには、鉄製の白いガーデンチェアと円《まる》いテーブルが置いてあった。百面鬼は鉄の椅子を持ち上げ、サッシ戸に投げつけた。ガラスが砕け散る。百面鬼はサッシ戸の横の外壁にへばりついた。

ほどなく厚手のカーテンが横に払われ、テラスに電灯の光が射《さ》した。

サッシ戸が開けられ、クルーカットの男が飛び出してきた。三十一、二歳だろうか。上背があり、肩や胸は筋肉で盛り上がっている。

百面鬼は男を肩で弾いた。男が体をふらつかせた。百面鬼は踏み込んで、相手の足を払った。男がテラスに転がる。

百面鬼は円形テーブルを両手で抱え上げ、クルーカットの男の頭に投げつけた。

男が呻いて、ぶっ倒れた。百面鬼はテーブルを横にどかし、相手の顔面を蹴った。男が顔に手を当てながら、長く唸った。

百面鬼はコルト・ガバメントをベルトの下から引き抜き、スライドを滑らせた。銃口を向けながら、男の体を探る。意外にも丸腰だった。

「大声出したら、ぶっ放すぞ。てめえの名は？」

「…………」

「時間稼ぎはさせないっ！」

百面鬼は銃口を相手の額に突きつけた。

「難波《なんば》だよ」

「陸自のレンジャー部隊のメンバーだな？」

「そうだ」

「てめえのほかに、ボディーガードは何人いるんだ？」

「もうひとりだけだよ。田辺《たなべ》という男だ」

「友部はどこにいる？」

「階下《した》のどこかにいると思うよ」

「そうか。立ちな」

「わかった」

難波がのろのろと身を起こした。百面鬼は難波を楯《たて》にしながら、洋館のリビングに入った。無人だった。

二十五畳あまりの居間に接して、十五畳ほどのダイニングがある。その向こうはキッチンになっていた。玄関ホールの方から人の揉《も》み合う音が聞こえた。すぐに人の倒れる音がした。

見城がぶちのめされたのか。

百面鬼は一瞬、そう思った。だが、すぐに不安は消えた。見城は外見は優男だが、腕っぷしはめっぽう強い。頼りになる男だ。

少し経つと、見城が眉の太い男の利き腕を捩《ね》じ上げつつ、居間にやってきた。

「仲間の田辺だな？」

百面鬼は難波に確かめた。

難波が黙ってうなずく。見城が田辺の肩の関節を外した。田辺が唸りながら、カーペットの上に頽《くずお》れた。

「なんの騒ぎなんだ？」

友部がそう言いながら、居間の隣にあるビリヤードルームから出てきた。キューを握ったままだった。百面鬼は、にっと笑った。

友部がうろたえ、ビリヤードルームに逃げ込もうとした。見城が無造作にサイレンサー付きの自動拳銃の引き金を絞った。

放たれた銃弾は、友部の腰すれすれのところを抜けていった。友部が短い悲鳴をあげ、へなへなと坐り込んだ。キューは手から離れていた。

「番犬どもが目障《めざわ》りだね」

見城が乾いた声で言い、田辺の後頭部を撃ち抜いた。田辺は即死した。

「おれも撃つ気なのか!?」

難波が蒼《あお》ざめた。百面鬼は長椅子から背当てクッションを掴み上げ、コルト・ガバメントの銃口に当てた。

そのとき、難波が高く跳躍した。飛び蹴りを放つ気らしい。

百面鬼は数歩後退し、一気に引き金《トリガー》を絞った。くぐもった銃声が轟《とどろ》き、難波の体が宙を泳いだ。横向きに落下した難波の顔は、半分吹き飛んでいた。むろん、もう生きてはいなかった。

「なにも二人を殺さなくても……」

友部が弱々しく抗議した。

百面鬼は、射入口《しやにゆうこう》が焦《こ》げたクッションを友部に投げつけた。

「機先を制すってやつだ。てめえは極悪人だな。従弟の平井弓彦をさんざん利用しといて、保身のためにあっさりと始末させた」

「えっ、何を言ってるんだ⁉」

「しらばっくれるんじゃねえ。てめえは高見沢が来春に旗上げする新政党『旭日青雲党』の選挙資金を捻出《ねんしゅつ》する目的で平井にホームレス・シェルター『オアシス』を経営させて、収容者たちの生活保護費の大半を吸い上げさせた。さらに、シェルターのダミー経営者の岩間誠悟が摑んだ裏金を横奪《よこど》りさせた」

「裏金？」

「岩間がロリコン売春組織の会員たちから脅し取った口止め料のことだよ。その上、てめえは従弟の平井に事故死に見せかけて岩間を片づけろと命じた。そうだろうが！」

「まるで覚えがない話ばかりだな」

「しぶとい野郎だ。てめえは平井の後輩たちを謎の武装集団『神の使者たち』のメンバーに仕立てて、メガバンクの支店長四人を拉致させ、身代金を要求した。けど、その計画は失敗に終わった。だから、四人の支店長を次々に惨殺させたんだな」

「どこの誰がそんなことをしたというんだ？」

「てめえのクリニックに出入りしてる陸自の妻木たちだよ。レンジャー部隊の教官をやってる妻木まで知らねえとは言わせないぞ」

「………」

友部が目を伏せた。

「妻木たちは『神の使者たち』になりすまして、元首相の本橋たち七人の怪物を暗殺した。そいつらに『旭日青雲党』の旗上げを邪魔されたくなかったからなんだなっ」

「…………」

「また、だんまり戦術か。てめえは平井に命じて、傷害の前科のある内山、折戸、水原に東西銀行新宿支店の須貝支店長を誘拐させた。選挙資金に充《あ》てる身代金をせしめるつもりだったんだろうが、結局、頭取は要求を呑まなかった。だから、内山たちに千葉の元ペンションで須貝を殺害させたんだよなっ」

「…………」

「なんとか言いやがれ！　『ヤマフジ』の佐伯社長を誘拐したのは、妻木たち自衛官だな？　四十億の身代金を手に入れながら、佐伯を始末させた。いくらなんでも、やり方が汚《きたね》えじゃないかっ」

「…………」

「女殺し屋の標美寿々に堀越洋平をシュートさせたのも、てめえなんだろうがよ。おおかた堀越は平井とてめえの悪事に気づいて、脅迫したんだろう」

「…………」

「てめえは正体を伏せたまま、また女殺し屋に労働貴族たち三人の始末を頼んだ。美寿々に汚れ役をやらせて、いずれ彼女を妻木に消させる気だったんだろうがっ」

「…………」

「話が前後するが、てめえは内山たち三人の脳にバイオチップを埋め込んで、超音波で連中をマインドコントロールしてたなっ。もともとキレやすい三人は操られて、須貝を拉致した。てめえは内山たちに誘拐や恐喝を重ねさせて、選挙資金を貯める気だった。そうなんだろうが！」

「…………」

「公安刑事の郷まで抱き込むとは思ってもみなかったぜ」

百面鬼は言った。

「そ、それは違うんだ」

友部が口走り、すぐ悔やむ顔つきになった。百面鬼は銃口を友部のこめかみに押し当てた。

「念仏を唱えな」

「撃つな、撃たないでくれーっ。きみが話した通りだが、シナリオは高見沢さんが練ったんだよ。わたしは参謀《さんぼう》に過ぎない。妻木君たちレンジャー部隊関係者だけじゃなく、警視庁の『SAT《サット》』のメンバーや郷刑事を抱き込んだのは高見沢さんなんだ」

「黒幕に罪をそっくり被せる気かっ。卑怯《ひきょう》な奴だ！」

「わたしは嘘なんかついてない。従弟がダーティー・ビジネスで稼いでくれた七億円と『ヤマフジ』から奪った四十億円も、高見沢さんが保管してる。従弟の弓彦を殺させたくはなかったんだが、高見沢さんに逆らったら、国会議員になるチャンスはないと思ったんで、仕方なく……」

「高見沢慎一郎をここに呼んでもらおう」

「わたしを殺さないと約束してくれないか」

友部が言った。百面鬼は大きくうなずいた。口約束など、いつでも反故《ほご》にできる。

「いま、電話するよ」

友部が立ち上がり、居間に足を向けた。

受話器を摑み上げたとき、テラスから手榴弾《グレネード》が撃ち込まれた。まともに被弾した友部の手脚が千切れて、壁面に叩きつけられた。

百面鬼は爆煙を払いのけながら、テラスに走り出た。

裏庭の柵の向こうにパラグライダーを背負った妻木がいた。腰のベルトには、筒状のランチャーが括《くく》りつけられている。

百面鬼は立射《スタンディング・ポジション》の姿勢をとった。

ちょうどそのとき、妻木が離陸した。テイクオフだ。百面鬼は連射した。だが、的《まと》を外してしまった。

パラグライダーが飛行しはじめた。崖《がけ》の下は海だ。

百面鬼は柵まで走り、パラグライダーに残弾を放った。しかし、当たらなかった。見城が駆け寄ってきて、ヘッケラー＆コッホを両手で保持した。

だが、もう妻木のパラグライダーは夜の闇に紛《まぎ》れて見えなかった。

百面鬼は無言で相棒の両腕を押し下げた。

4

動画が映し出された。

百面鬼は携帯電話のディスプレイを覗《のぞ》き込んだ。昼間、相棒の見城が高見沢邸の近くで、元防衛大臣と出戻り娘の美由起《みゆき》を隠し撮りしてくれたのである。

真鶴で友部が死んだ翌日の午後三時過ぎだ。見城の自宅兼事務所だった。

百面鬼は最初の動画を観《み》た。

六十七歳の高見沢の髪は、ほぼ真っ白だった。目鼻立ちは整っているが、どこか頑固《がんこ》そうだ。高見沢は短く撮られている。

その後は、ひとり娘の美由起が映っていた。美人だが、目がきつい。三十三、四歳だろうか。

「美由起は二年前に商社マンと離婚して、実家に出戻ったんだ」

見城が言った。

「仕事は何もしてねえのか？」

「自由が丘で画廊をやってる。店の名は、『ギャラリー高見沢』だ。個性的な洋画家の作品を扱ってるみたいだね。従業員はいなかったな。だから、美由起を誘拐するのはたやすいと思うよ」

「それじゃ、これから高見沢の出戻り娘を人質に取るか。たったひとりの娘を引っさらわれたら、高見沢はこっちの言う通りになるだろう」

百面鬼は言って、携帯電話を見城に返した。

「高見沢の娘を拉致したら、ホテルの一室に監禁しようよ」

「そうだな。それで美由起を素っ裸にしたら、見城ちゃんはいつものフィンガーテクニックを披露してくれねえか。おれは淫《みだ》らなシーンを動画撮影する」

「ひとり娘の恥ずかしい動画が届いたら、高見沢はおれたちと会う気になるだろう」

「ああ、きっとな」

「それじゃ、ぼちぼち自由が丘に行こうか」

見城がリビングソファから立ち上がった。

百面鬼も腰を浮かせた。ちょうどそのとき、百面鬼の懐で刑事用携帯電話《ポリスモード》が着信音を響かせはじめた。

発信者は郷だった。ポリスモードを取り出し、ディスプレイに目をやる。

「百面鬼、おまえの彼女を預かったよ」

「て、てめえ！」

「いま、久乃さんに替わってやろう」

「郷、汚え真似をしやがって」

百面鬼は声を尖《とが》らせた。郷の返事はなかった。

ややあって、久乃の怯《おび》えた声が流れてきた。

「竜一さん、救《たす》けて！」

「そこはどこなんだ？」

「よくわからないけど、リースマンションの一室みたいだわ」


何か禍々《まがまが》しい予感が胸を掠《かす》めた。百面鬼は、相手の言葉を待った。

「郷におかしなことをされたのか？」

「ううん、何もされてない。ただ、ランジェリーだけにされて両手を革紐《かわひも》で後ろ手に縛られてるの。中目黒の教室を出たら、爬虫類みたいな目をした奴がいきなり近づいてきて、わたしの脇腹にサバイバルナイフを……」

「そいつは妻木って野郎だ」

「何者なの？」

「陸自のレンジャー部隊の教官だよ。高見沢という元防衛大臣の番犬さ。高見沢は来春、保守系の新党を旗上げする気なんだ。それで、立候補者たちの選挙資金を非合法な手段で集めてたんだよ」

「そのことを竜一さんが調べ上げたのね？」

「そうだ。郷は高見沢に抱き込まれて、おれの動きを密かに探ってやがったんだろう」

「なんてことなの」

「いま、見張りは何人いる？」

「郷さん、ううん、郷ひとりよ」

「わかった。怖いだろうが、もう少し辛抱してくれ。必ず救い出してやる。郷を電話口に出してくれないか」

百面鬼は久乃に言って、送話口を掌《てのひら》で塞《ふさ》いだ。早口で久乃が敵の手に落ちたことを見城に伝える。見城は驚き、腹立たしげに歯噛みした。

「おまえの彼女、いい体してるな」

郷がそう言い、好色そうな笑い声をたてた。

「久乃に指一本でも触れたら、てめえをぶっ殺すぞ」

「おれは人質を犯したりしないよ。ただ、周りにいる男たちはどいつも女が好きそうだから、フラワーデザイナーが穢《けが》されずに済むかどうか……」

「てめえが政治家の秘書になりたがってるって話は先日、女房から聞いた」

「そうか。おれは公安刑事がほとほと厭《いや》になったんだよ。だから、別の生き方をすることにしたんだ。一時は、おまえみたいな悪党稼業も悪くないと思ってた。しかし、それじゃ長生きはできないだろうと考え直したわけさ」

「高見沢に人参《にんじん》をぶら提《さ》げられたんだなっ」

「先生は将来、おれを自分の公設第一秘書にしてくれると約束してくれた」

「そんな子供騙《だま》しの手に引っかかるなんて、てめえも抜けてるな。『旭日青雲党』が結成されて何人かの党員が国会議員になれたとしても、おまえが高見沢の公設第一秘書になれるはずない。うまくすりゃ、高見沢のお抱え運転手にはなれるかもしれねえけどな」

百面鬼は皮肉たっぷりに言った。

「おれは高見沢先生を信じてる」

「めでたい野郎だ」

「高見沢先生は、百面鬼と裏取引をしたがってる。先生が友部恭輔にやらせたことをすべて忘れてくれたら、五億出してもいいとおっしゃってるんだ」

「裏取引に応じなかったら、人質とおれは始末させるってことか？」

「ま、そういうことになるだろうな。百面鬼、手を打ったほうがいいって。フラワーデザイナーに惚れてるんだろう？　それに五億円は大金じゃないか。おれがおまえだったら、すぐ裏取引に応じるよ」

「おれにとって、五億なんて端金《はしたがね》だ」

「ずいぶん大きく出たな。金はともかく、好きな女がこの世からいなくなったら、味気ないだろうが」

「少し時間をくれ」

「何も迷うことはないじゃないか」

「一時間だけ待ってくれ。一時間後に連絡する」

「わかったよ。一時間がタイムリミットだぞ。一分でも連絡が遅れたら、久乃さんは死ぬことになるからな。単なる威《おど》しと思ったら、悔やみきれないことになるだろう。それじゃ、連絡を待ってる」

電話が切られた。

百面鬼は意味もなく高く吼《ほ》えた。怒りの遣《や》り場がなかった。

「百《どう》さん、早く美由起をさらって、人質の交換を高見沢に持ちかけよう。久乃さんの命が最優先だよ。ひとまず彼女を救ってから、別の手で高見沢を燻《いぶ》り出せばいいじゃないか」

「そうするほかなさそうだな」

「急ごう」

見城が歩きだした。百面鬼は相棒の後を追った。

二人は『渋谷レジデンス』の八〇五号室を出ると、それぞれの車に乗り込んだ。百面鬼が先に覆面パトカーを発進させた。すぐに見城のＢＭＷが従《つ》いてきた。

二台のセダンは裏通りを抜けて、山手通りに出た。駒沢通りをたどり、自由が丘をめざす。

『ギャラリー高見沢』を探し当てたのは、およそ三十分後だった。画廊は有名な洋菓子店の少し先にあった。

百面鬼たちは路上に車を駐《と》め、すぐに外に出た。見城が近づいてきて、小声で言った。

「美由起をホテルに閉じ込めても、あまり意味ないな。百さん、画廊に押し入って、美由起に店のシャッターを閉めさせよう」

「そうするか。おれが先に押し入るから、そっちは見張りを頼む」

百面鬼は相棒に言って、斜め前の『ギャラリー高見沢』を覗き込んだ。

客の姿は見当たらない。店主の美由起が壁面に飾ってある二十号ほどの油彩画を見つめていた。ベニスの風景画だった。

百面鬼は、ごく自然に画廊に入った。見城がさりげなく店の前に立った。

店内は、それほど広くない。二十畳ほどのスペースだ。

「いらっしゃいませ」

美由起が愛想よく言った。百面鬼は小さく笑いかけてから、穏《おだ》やかに女店主に話しかけた。

「いい店だね」

「ありがとうございます。何か油彩画をお探しでしょうか?」

「絵に興味はないんだ。きょうは、これで店仕舞いにしてもらえねえか」

「はあ!? いま、なんとおっしゃったのでしょう?」

美由起が訊き返した。

百面鬼は無言で、ベルトの下からコルト・ガバメントを引き抜いた。美由起の表情が凍りついた。そのとき、見城が店内に飛び込んできた。とっさに美由起が見城に救いを求めた。

「お客さん、救《たす》けてください！」

「悪い！　おれはサングラスの旦那の仲間なんだよ」

「えっ」

「仲間が持ってるのはモデルガンじゃない。おとなしくしてたほうが身のためだと思うがな」

「あなたたちは押し込み強盗なのね？」

「そうじゃない。店のシャッター、下ろさせてもらうぞ」

見城が素早くシャッターを引き下げ、ドアの内錠を掛けた。逃げ場を失った美由起が暗然とした顔つきになった。

「そっちにはなんの恨みもないが、しばらく人質になってもらう」

百面鬼は美由起に告げた。

「なぜ、わたしを人質にする必要があるんです？」

「あんたの父親が手下の者におれの彼女を拉致させて、監禁してるんだ」

「嘘でしょ!? 父は元防衛大臣なんですよ。他人《ひと》を誘拐させたなんて、とても信じられません」

「だろうな。けど、事実なんだよ」

「わたしをどうする気なんです？」

「人質交換に使わせてもらう」

「あなたに関わる人とわたしを交換するつもりなのね？」

美由起が確かめた。

百面鬼はコルト・ガバメントをベルトの下に突っ込み、見城に目で合図した。

すぐに見城がブローニング・ハイパワーを取り出し、銃口を美由起に向けた。美由起が全身を竦《すく》ませる。

百面鬼は私物の携帯電話を使って、郷に連絡をした。

「迷いが消えたようだな」

「いま、おれはどこにいると思う？ 自由が丘の『ギャラリー高見沢』にいるんだよ。そういえば、もう察しはつくよな」

「高見沢先生のお嬢さんを人質に取ったのか!?」

「そういうことだ。郷、そのことをすぐに高見沢に報告しろ！」

「わ、わかった」

郷が焦《あせ》って電話を切った。

百面鬼はほくそ笑《え》み、携帯電話を懐に戻した。いつの間にか、見城はギャラリーの隅に置かれたコンパクトなソファに美由起を腰かけさせていた。自分は女店主のそばに立っている。

「あんた、父親にはかわいがられてるんだろう？」

百面鬼は問いかけ、人質と向かい合う位置に坐った。

「ええ、大事にされています。わたし、二年ほど前に離婚したのですが、父は実家に戻ってこいと言ってくれました。それだけではなく、この店の開業資金もそっくり出してくれたんです」

「いい父親じゃないか。素顔は野心だらけの悪人みてえだけどな」

「父は何をやったのでしょう？」

「知らないほうがいいよ、父親の薄汚《うすぎたね》え素顔はな」

「ですけど……」

美由起が下を向いた。そのすぐ後、彼女のジャケットのポケットの中で携帯電話の着信音が響きはじめた。

「多分、父親からの電話だろう。出るんだ」

「いいんですか？」

「ああ」

百面鬼は許可を与えた。

美由起が携帯電話を耳に当てる。遣《や》り取りで、電話の相手が高見沢であることはわかった。

「父があなたと話したいと言っています」

「そうか」

百面鬼は差し出されたパーリーシルバーの携帯電話を受け取った。携帯電話は湿っていた。美由起の手汗だろう。

「現職刑事でありながら、ギャング顔負けだな」

「高見沢慎一郎だなっ」

「そうだ」

「てめえこそ、マフィアみてえなことをするじゃねえか」

「きみの狙いは人質の交換だな？」

「そうだ」

「いいだろう。午後七時に銀座四丁目交差点の角にある『和光《わこう》』の前で、人質の交換をしようじゃないか。わたしは佐竹久乃を連れていく。きみは、わたしの娘と一緒に来てくれ。あそこなら、お互いに妙なことはできない。それで、かまわんな？」

「ああ。雑沓《ざっとう》に妻木や郷を紛《まぎ》れ込ませてたら、あんたの娘を殺《や》っちまうぞ」

「美由起は大事な娘なんだ。おかしな細工をするわけないじゃないか。わたしを信用してくれ」

「一応、信じてやらあ」

「後日、きみに五億円払うよ。預金小切手でな」

「商談については、改めて話し合おうじゃねえか。人質の交換が先だ。午後七時に銀座四丁目で会おうや」

「いいとも。こちらは約束を守るから、きみもフェアに娘を返してくれ」

高見沢が先に通話を切り上げた。

百面鬼は携帯電話を美由起に返した。

「電話の内容はおおむね察しがついただろうが、午後七時に銀座四丁目の『和光』の前で人質の交換をすることになった」

「ちょっとトイレを借りてえんだ」

「そうですか」

「この先にあります」

美由起が上体を捻って、茶色いドアの向こうを指差した。

百面鬼はソファから立ち上がり、ドア・ノブを回した。細い通路の左手にトイレがあった。右手には事務机が見える。

百面鬼はトイレのブースに入ると、歌舞伎町に組事務所を構えている広域暴力団の二次組織に電話をかけた。受話器を取ったのは顔見知りの舎弟頭《しゃていがしら》だった。下條《しもじょう》という名だったか。

「新宿署の百面鬼だ。組長《オヤジ》の宇神《うかみ》に替わってくれ」

「お急ぎでしょうか？　いま、来客中でしてね」

「早く組長と替わらねえと、宇神組をぶっ潰《つぶ》しちまうぞ」

「す、すぐに組長《オヤジ》と替わります」

「早くしろい」

百面鬼は急《せ》かした。

一分も待たないうちに、宇神組長が電話口に出た。

「旦那、何か急用だとか？」

「短機関銃《サブマシンガン》二挺と手榴弾《パイナップル》十発、それからグレネード・ランチャーも回してくれねえか」

「いったい何があったんです？」

「余計なことを訊くと、家宅捜索《ガサイレ》かけるぞ。さっき電話に出た下條に、注文した武器を自由が丘の有名な洋菓子店の並びにある画廊に大急ぎで持ってこさせろ。五十分前後で、こっちに来られるな？」

「もう少し時間をいただかないとね。それに、いまグレネード・ランチャーは組事務所にないんですよ」

「なら、サブマシンガンと手榴弾だけでいい。一時間以内に持ってこさせろ。おれは一時間経ったら、『ギャラリー高見沢』の前で待ってる」

「わかりました。下條に武器《ドウグ》を持たせます」

「頼んだぜ」

百面鬼は電話を切ると、ブースを出た。ギャラリーフロアに戻り、見城を手招きする。

二人は隅にたたずんだ。

「敵がすんなり久乃を返すとは思えない。おそらく高見沢は、四丁目交差点付近に妻木たち番犬や郷を予《あらかじ》め配置させる気だろう」

「考えられるね」

「だから、トイレで歌舞伎町の宇神組に電話して、一時間後に短機関銃二挺と手榴弾十発を届けてくれって頼んだんだ。敵が久乃に危害を加えたら、おれは連中を皆殺しにするつもりだ。金なんか、もうどうでもいいよ」

「百《どう》さんがそのつもりなら、おれもノーギャラで助っ人をさせてもらおう」

「人生を棒に振ることになるかもしれねえぞ」

「そのときは、そのときさ」

「くどいようだが、見城ちゃん、いいのか？」

「もう肚《はら》を括《くく》ったよ」

「そうか。そいつはありがてえ。ひとつよろしくな」

百面鬼は右手を差し出した。

見城が力強く握り返してきた。百面鬼は美由起の前に腰かけ、コルト・ガバメントをベルトの下から引き抜いた。しかし、銃口は人質に向けなかった。

見城が壁に掲げられた油絵を一点ずつ眺めながら、美由起に画家のことをいろいろ質問しはじめた。美由起が少し安堵《あんど》した表情で、将来性のある個性的な画家たちのことを澱《よど》みなく喋った。

百面鬼は葉煙草《シガリロ》をひっきりなしに喫いながら、時間を遣り過ごした。シャッターを半分ほど巻き揚げて店の外に出たのは、宇神組に電話をしてから五十分あまり過ぎたころだった。

数分待つと、舎弟頭の下條が旧型の黒塗りのベンツでやってきた。

百面鬼はベンツを覆面パトカーのすぐ後ろに停めさせ、下條に武器の詰まった木箱をクラウンのトランクに移させた。

「ご苦労さんだったな。宇神によろしく伝えてくれや」

「旦那。なんなら、おれたちが兵隊になってもかまいませんよ」

「刑事のおれが渡世人に助《す》けてもらうわけにはいかない。早く消えな」

「それもそうっすよね」

下條が頭を掻《か》きながら、ベンツの運転席に入った。

ベンツが走り去ると、百面鬼は画廊の中に戻った。人質に前手錠を掛けて、覆面パトカーの助手席に坐らせる。百面鬼はクラウンを回り込み、運転席に入った。見城が慌《あわ》ただしくBMWに乗り込んだ。

百面鬼は先に車を発進させた。見城の車が従《つ》いてくる。

銀座に着いたのは午後六時四十分ごろだった。

百面鬼たちは、『和光』の真裏の通りに車を停めた。見城に人質を見張らせ、四丁目交差点一帯を歩き回ってみた。しかし、不審者の影は目に留《と》まらなかった。

百面鬼は裏通りに戻り、美由起の手錠を外してやった。それから見城に車のキーを渡して、耳打ちした。

「おれと人質が見えなくなったら、クラウンのトランクに入ってる例の物を半分ずつ分けといてくれや」

「了解！」

「きっと番犬どもがどこかに潜《ひそ》んでるにちがいねえ」

「女殺し屋の弔《とむら》い合戦をやろう」

見城が小声で言った。

百面鬼は無言でうなずいた。それから彼は美由起の片腕を摑んで、『和光』の前に回り込んだ。美由起は従順だった。

『和光』の前には、待ち合わせの男女が大勢いた。

二人はショーウインドーの前にたたずんだ。百面鬼は、上着の袖《そで》の下に右手をそっと潜《もぐ》らせた。

やがて、約束の時間になった。

横断歩道の向こう側に、久乃と高見沢の姿が見えた。二人は信号を待つ人々の後方にいた。交番の横だ。背後には『三愛《さんあい》ドリームセンター』の照明が輝いている。

百面鬼は素早く周囲を見た。

依然として、怪しい人影は見当たらない。信号が変わり、久乃と高見沢が横断歩道を渡りはじめた。

そのとき、大柄な女が百面鬼に近づいてきた。長い髪で、色の濃いサングラスをかけている。肩幅があり、蟹股《がにまた》だった。喉仏も尖《とが》っている。

女装した刺客だろう。

百面鬼はコルト・ガバメントを引き抜き、スライドを引いた。初弾を薬室に送り込んだのだ。怪しい相手は、サイレンサー・ピストルを右手に握っている。ロシア製のマカロフPBだ。

百面鬼は先に撃った。

銃声が轟《とどろ》くと、通行人が一斉《いっせい》に姿勢を低くした。

心臓部に被弾した敵の回し者は仰向けに倒れた。弾みで、長髪のウィッグとサングラスが吹っ飛んだ。やはり、男だった。

見城がどこからか走り寄ってきて、美由起の片腕を摑んだ。

「百《どう》さん、人質はおれに任せてくれ」

「ああ、頼むな」

百面鬼は横断歩道に飛び出した。

前から久乃が人波を搔き分けながら、小走りに向かってくる。高見沢は背を見せて、逆戻りしはじめた。

「久乃、早くこっちに来い！」

百面鬼は大声で言った。

そのとき、サンドイッチマンが久乃にぶつかった。久乃が左胸を押さえて、短く呻いた。サンドイッチマンが振り向いた。

郷卓司だった。血糊《ちのり》の付着した細長いナイフを握りしめている。

「てめーっ」

百面鬼は狙いを定めて、サンドイッチマンに扮《ふん》した郷の後頭部を撃った。

的《まと》は外さなかった。郷が横断歩道に前のめりに倒れた。それきり動かない。即死だったようだ。

「竜一さん！」

久乃がよろけながら、歩み寄ってきた。百面鬼は走り寄って、全身で久乃を受けとめた。

「あ、あ、会えてよかった」

「しっかりしろ！　すぐ救急車を呼んでやる」

「もう……」

久乃の体が急に重くなった。百面鬼の腕の中で、彼女は縡切《こときれ》れた。

信号が変わり、クラクションが交錯した。

横断歩道には郷の死体が転がっている。いつしか人々は遠巻きにたたずんでいた。

なんだって、こんなことになってしまったのか。

百面鬼は心の中で慟哭《どうこく》し、息絶えてしまった久乃を肩に担ぎ上げた。すると、見城が駆け寄ってきた。

「百《どう》さん、久乃さんを近くの病院に運ぼう」

「もう死んでる。人質は？」

「おれの車のトランクに閉じ込めてあるよ」

「なら、敵をどこかに誘い込んで、皆殺しにしてやろう。おれは好きな女を二人も殺されたんだ。高見沢はもちろん、妻木たち番犬どもも赦《ゆる》せねえ」

「百さん、早く車に戻ろう」

「ああ」

百面鬼は死んだ恋人を肩に担いだまま、裏通りまで駆けた。久乃の亡骸を覆面パトカーの後部座席に寝かせ、急いで運転席に入る。

助手席の下には、ベレッタＭ12と五発の手榴弾が置いてあった。ベレッタＭ12は、イタリア製の短機関銃だ。四十発入りの細長い弾倉が嚙ませてあった。

見城が自分のＢＭＷに乗り込んだ。

百面鬼は覆面パトカーを走らせ、晴海《はるみ》通りに乗り入れた。郷の死体は、まだ横断歩道に転がったままだ。百面鬼はわざと郷の遺体をタイヤで轢《ひ》き潰し、そのまま直進した。

見城のＢＭＷが追ってくる。

築地《つきじ》四丁目交差点の手前で、後続のＢＭＷが短くホーンを鳴らした。敵の車が追ってきたというサインだろう。

百面鬼はパッシングし、交差点を突っ切った。

晴海を抜けて、豊洲《とよす》に入る。見城のＢＭＷの後ろには、二台の車がぴたりと張りついている。

一台は黒いベントレーだ。多分、その車に高見沢は乗っているのだろう。もう一台は灰色のワンボックスカーだった。そちらには、妻木たち番犬が乗っているにちがいない。

百面鬼は車を雑居ビルの際《きわ》で急停止させ、上着とスラックスのポケットに五発の手榴弾を突っ込んだ。イタリア製の短機関銃を摑み上げたとき、懐で携帯電話が鳴った。

発信者は高見沢だった。

百面鬼はすぐには電話に出なかった。横に停まったBMWから見城が降り、人質の美由起をトランクルームから引きずり出した。

百面鬼はそれを見届けてから、おもむろにアイコンをスライドさせた。

「郷君と『SAT《サット》』のメンバーが点数を稼ぎたくて、暴挙に出たんだよ。わたしは、きみも人質の女性も始末しろとは命じてない。八億円の小切手を用意したから、美由起を返してくれないか。一生のお願いだ」

「妻木のほかに、ボディーガードは何人いる？」

「四人だよ」

「それじゃ、そいつら四人を車から降りさせろ。そして、両手を高く挙げて、こっちにゆっくり歩いてこさせるんだ」

「妻木君は外してもいいんだね？」

「ああ。後で、あんたと一緒に来てもらう」

「わかった」

高見沢の声が沈黙した。

百面鬼はベレッタM12を背の後ろに隠しながら、ゆっくりとクラウンから出た。ベントレーとワンボックスカーは四十メートルほど離れた場所に駐まっている。

ベントレーから独《ひと》り、ワンボックスカーから三人の男が降りた。いずれも体軀は逞《たくま》しい。

四人の男は両手を高く掲げながら、横一列に並んで接近してくる。見城は片手で美由起を捉《とら》え、もう一方の手にはブローニング・ハイパワーを握っていた。

ワンボックスカーのスライドドアが開けられ、十数羽の伝書鳩が解き放たれた。百面鬼は一瞬、気を奪われた。見城も上空に目をやった。

四人の男が姿勢を低くし、隠し持っていた拳銃の引き金を相前後して絞った。百面鬼は弾幕を掻い潜り、ベレッタM12を掃射させた。

リズミカルな銃声が響き、四人の男が次々に倒れた。すると、ワンボックスカーから妻木が躍《おど》り出た。スコープ付きの狙撃銃を手にしていた。

見城が先に発砲した。

放った銃弾は、ワンボックスカーの屋根《ルーフ》に当たった。妻木が狙撃銃の銃口を見城に向けた。

百面鬼は短機関銃を鳴らした。

しかし、妻木は敏捷《びんしょう》に身を躱《かわ》した。体勢を立て直すと、今度は百面鬼を標的に一発撃ってきた。弾丸が耳のそばを通過していった。百面鬼は数秒、聴覚を失った。

「人質がどうなってもいいのかっ」

見城が怒鳴った。

妻木は見城を黙殺し、百面鬼に二弾目を放ってきた。手に痺《しび》れを感じた瞬間、ベレッタM12が弾き飛ばされた。百面鬼は肩から転がり、上着のポケットから手榴弾を取り出した。ピン・リングを引き抜き、口の中でスリーまで数える。

妻木が狙撃銃を横抱きにしながら、間合いを詰めてくる。自分を生け捕りにして、人質を確保する気なのだろう。

百面鬼は妻木の足許に手榴弾を投げつけた。

数秒後、炸裂《さくれつ》音とともに橙《だいだいいろ》色の閃光《せんこう》が拡《ひろ》がった。妻木の体が宙を舞った。手脚がもげ、胴体も千切《ちぎ》れた。

「いやーっ」

美由起が涙声で叫び、その場に頽《くずお》れた。

高見沢がベントレーから降り、駆け寄ってくる。右手に翳《かざ》しているのは預金小切手だった。

「金はいくらでも払う。だから、娘を返してくれ」

「ひとり娘は母親に返してやるよ」

「それは、わたしを殺すという意味なのか!?」

「当たり《ビンゴ》だ」

「選挙資金をそっくり渡すから、どうか殺さないでくれーっ」

「そいつは無理だな」

百面鬼は、立ち竦《すく》んだ高見沢の眉間《みけん》をコルト・ガバメントで撃ち抜いた。高見沢は樹木のように倒れた。小切手がひらひらと舞い散る。

「お父さん、お父さん！」

美由起が泣きながら、父親に這《は》い寄っていった。

「久乃さんの遺体をどうする？」

「代々木のマンションに連れて帰って朝まで添い寝をしてやりたいが、それは叶わねえだろうな。けど、手錠《ワッパ》打たれるまでは久乃と一緒だよ」

百面鬼は見城に言って、コルト・ガバメントを暗がりに投げ捨てた。

「当分、辛いね」

「そうだな。見城ちゃん、うまく逃げてくれ。もう会えないだろうが、死ぬまで借りは忘れねえよ。いろいろありがとな」

「百《どう》さん、おれは逃げ切ってみせる。いろいろ世話になったね」

見城の声には、労《いたわ》りが込められていた。

二人は小さな笑みを交わした。見城が片手を小さく振って走り去った。

生きていれば、いろんなことがある。逮捕されても、すぐに極刑となるわけではない。絞首台に立つまで久乃も美寿々も心の中で生きている。

百面鬼は胸奥《きょうおう》で相棒の見城に別れを告げ、覆面パトカーに慌《あわ》ただしく乗り込んだ。おそらく数キロしか逃げられないだろう。百面鬼はそう思いながら、クラウンを急発進させた。

まだゲームオーバーではない。百面鬼はハンドルを握り直し、一気に加速した。自分は非常線の張り方を熟知している。裏をかくことは不可能ではないだろう。できるだけ早く別の車を調達し、裏道をたどって首都圏から出る気だ。久乃の遺体を山林に埋葬するまでは、どうしても逃げ失《う》せたい。

「たやすく捕まりはしねえよ」

百面鬼はうそぶいて、不敵に笑った。

二〇一七年二月　祥伝社文庫刊

光文社文庫

復《ふく》讐《しゅう》捜《そう》査《さ》　新《しん》・強請屋《ゆすりや》稼業《かぎょう》

著　者　南《みなみ》　英《ひで》　男《お》

2022年5月20日　初版1刷発行

発行者　鈴　木　広　和
印　刷　堀　内　印　刷
製　本　榎　本　製　本

発行所　株式会社　光　文　社
〒112-8011　東京都文京区音羽1-16-6
電話（03）5395-8149　編　集　部
8116　書籍販売部
8125　業　務　部

落丁本・乱丁本は業務部にご連絡くだされば、お取替えいたします。
ISBN978-4-334-79359-3　Printed in Japan

組版　堀内印刷